Lait
Frais
Pasteurisé
1 litre
A CONSOMMER AVANT LE

JÉRÔME K. JÉRÔME BLOCHE

L'OMBRE QUI TUE

DODIER LE TENDRE MAKYO

DUPUIS

Maquette : Y. Amateis.
Dépôt légal : juillet 1989 D.1989/0089/134
ISBN 2-8001-1709-5 ISSN 0772-4276

Imprimé en Belgique.

ACADÉMIE NATIONALE DE MUSIQUE
SAUF AUX VOITURES DE 1ère CLASSE
PFTOU
Le
Fondateur : Hubert Beuve-Méry
DRAME À L'OPÉRA
Règlement de comptes ou rites primitifs
.Les fléchettes empoisonnées font une nouvelle victime .En deux mois, pas moins de quin ge victimes ont

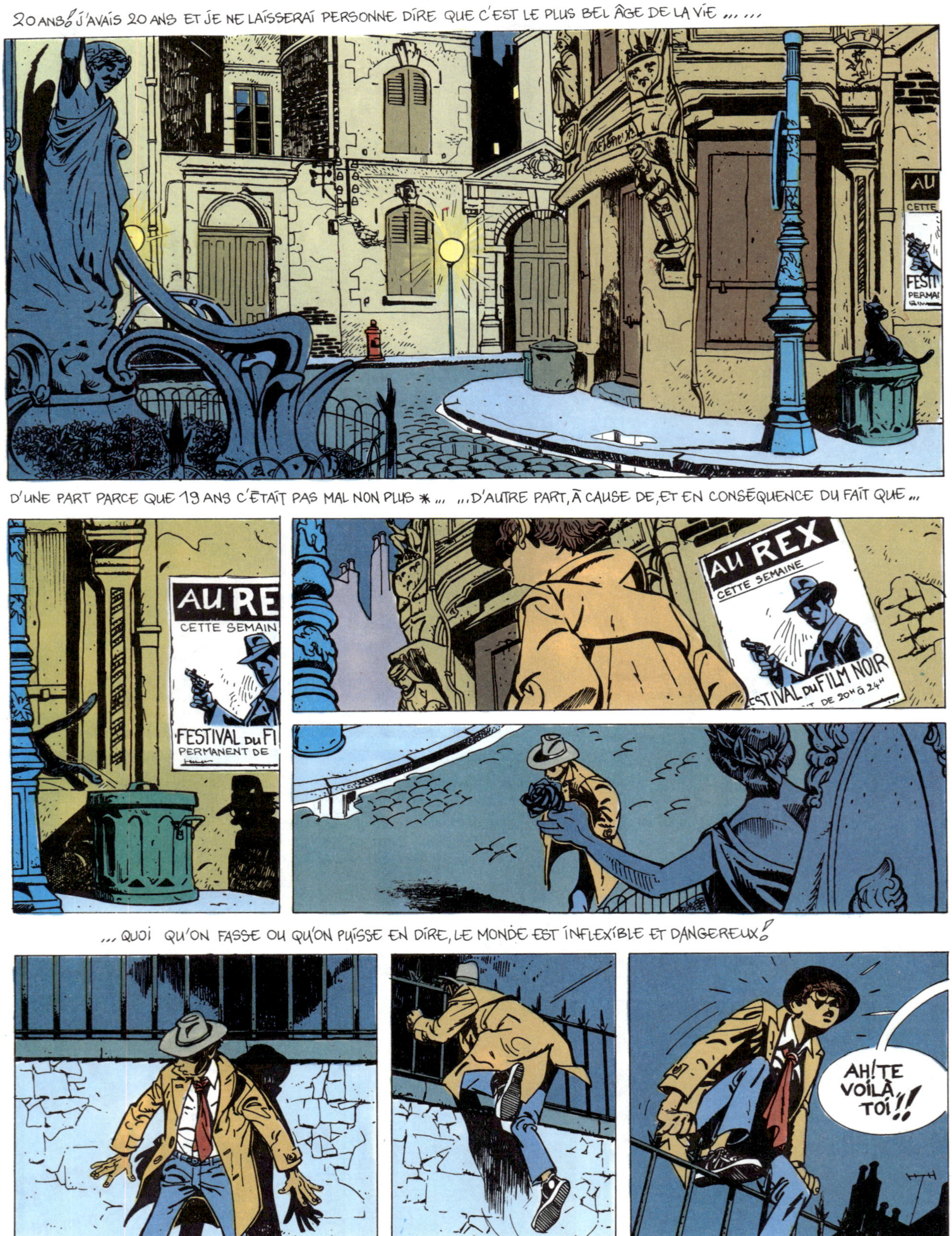

* authentique

TOUT EN EFFET MENACE UN JEUNE HOMME DE CET ÂGE : LA PERTE DE LA FAMILLE, L'ENTRÉE PARMI LES « GRANDES PERSONNES »...
C'EST À CETTE HEURE-CI QUE TU RENTRES ?!
MAIS, MA CHÉRIE,!
... LES AMOURS, LES AMIS, LES IDÉES, LA VIOLENCE QUI ACCOMPAGNE LE TOUT, ET LE MÊME TOUT QUI EST RÉDUIT À LA
JE NE VAI PAS SUPP PLUS LON TES ESC NOCTUR
MÉDIOCRE ÉCHELLE D'UNE PETITE INQUIÉTUDE PRIVÉE !

J'AVAIS PENDANT TRÈS LONGTEMPS RECHERCHÉ UN MODÈLE DE HÉROS AUQUEL JE POURRAIS M'IDENTIFIER ... JE N'EN AVAIS TROUVÉ AUCUN ...
JE ME DÉSESPÉRAIS ... ET PUIS UN JOUR, L'ÉCLAIR ! L'ÉBLOUISSEMENT !!! MA LONGUE QUÊTE ÉTAIT ENFIN TERMINÉE !!! J'AVAIS TROUVÉ !!!
CLIC
.. SIMPLEMENT EN JETANT UN COUP D'ŒIL AU MIROIR DE MA SALLE DE BAIN ... ... C'EST AINSI QUE JE DEVINS MON HÉROS PRÉFÉRÉ !
Sirènes police Chicag
Sirènes police Hambourg 1972
Sirènes police + pompiers New York
CLIC
WOOHOUWO
WOOHOOWU
!
BOM

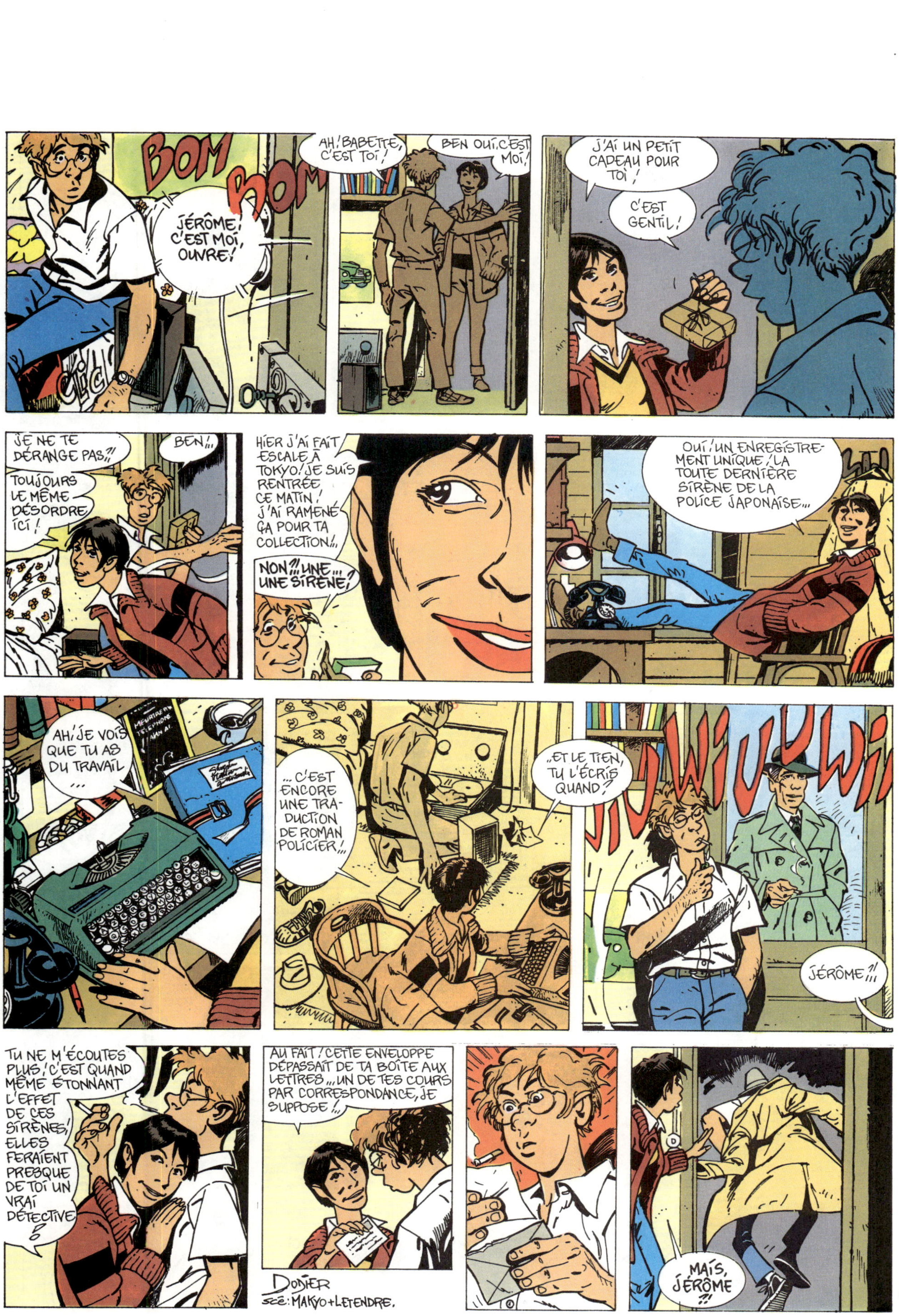
BOM
BOM
JÉRÔME, C'EST MOI, OUVRE!
AH! BABETTE, C'EST TOI!
BEN OUI, C'EST MOI!
J'AI UN PETIT CADEAU POUR TOI!
C'EST GENTIL!
JE NE TE DÉRANGE PAS?!
BEN!...
TOUJOURS LE MÊME DÉSORDRE ICI!
HIER J'AI FAIT ESCALE À TOKYO! JE SUIS RENTRÉE CE MATIN! J'AI RAMENÉ ÇA POUR TA COLLECTION!...
NON?! UNE... UNE SIRÈNE!
OUI! UN ENREGISTREMENT UNIQUE! LA TOUTE DERNIÈRE SIRÈNE DE LA POLICE JAPONAISE...
AH! JE VOIS QUE TU AS DU TRAVAIL...
...C'EST ENCORE UNE TRADUCTION DE ROMAN POLICIER!...
...ET LE TIEN, TU L'ÉCRIS QUAND?
WIUWIUWI
JÉRÔME?!
TU NE M'ÉCOUTES PLUS! C'EST QUAND MÊME ÉTONNANT L'EFFET DE CES SIRÈNES! ELLES FERAIENT PRESQUE DE TOI UN VRAI DÉTECTIVE?
AU FAIT! CETTE ENVELOPPE DÉPASSAIT DE TA BOÎTE AUX LETTRES... UN DE TES COURS PAR CORRESPONDANCE, JE SUPPOSE!...
DODIER
scé: MAKYO+LETENDRE.
MAIS, JÉRÔME?!
5

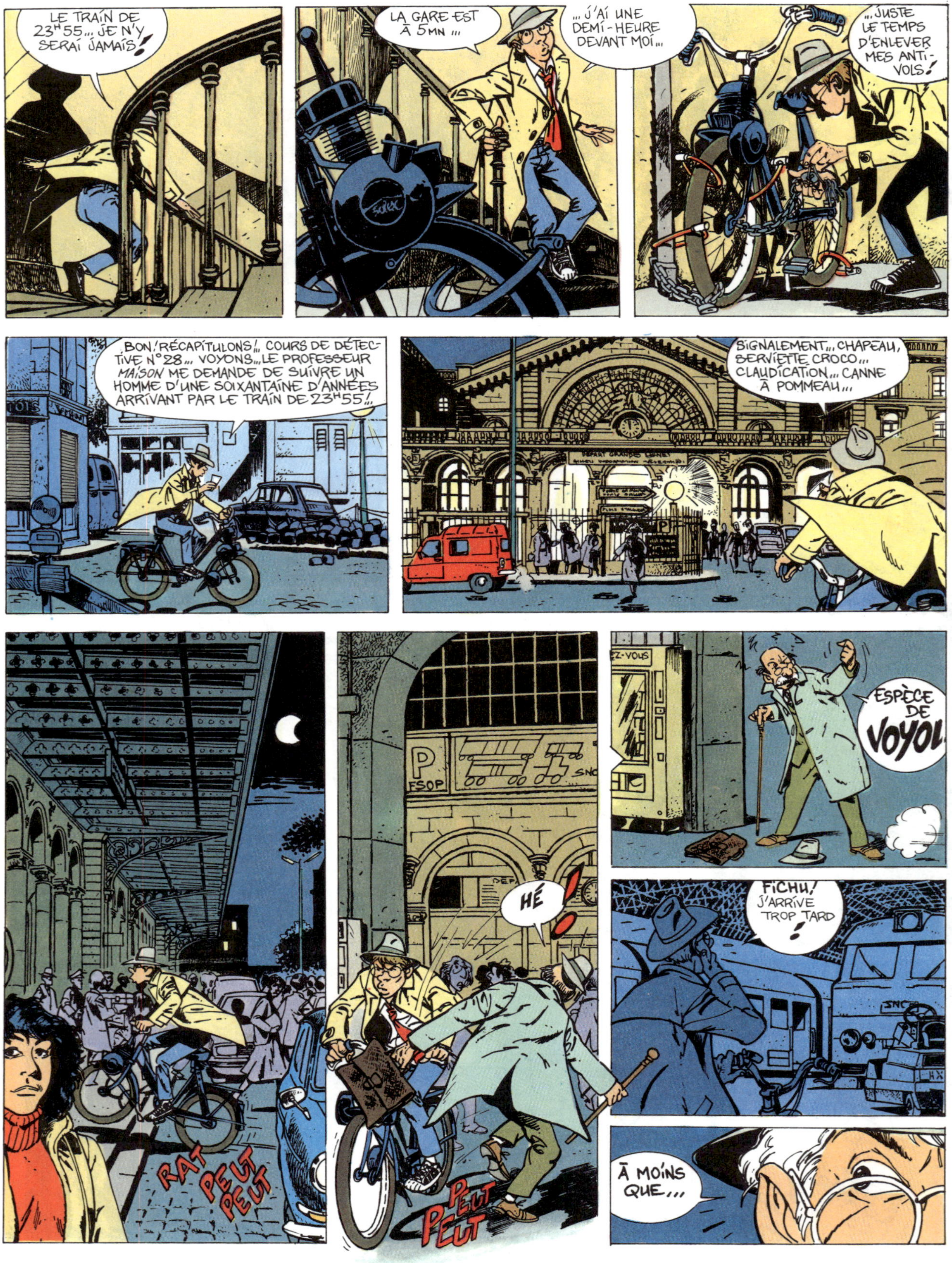
LE TRAIN DE 23H55... JE N'Y SERAI JAMAIS!
LA GARE EST À 5 MN ...
... J'AI UNE DEMI-HEURE DEVANT MOI...
... JUSTE LE TEMPS D'ENLEVER MES ANTI-VOLS!
BON! RÉCAPITULONS! COURS DE DÉTECTIVE N°28... VOYONS... LE PROFESSEUR MAISON ME DEMANDE DE SUIVRE UN HOMME D'UNE SOIXANTAINE D'ANNÉES ARRIVANT PAR LE TRAIN DE 23H55!
SIGNALEMENT... CHAPEAU, SERVIETTE CROCO... CLAUDICATION... CANNE À POMMEAU...
RAT PEUT PEUT
HÉ!
PEUT PEUT
ESPÈCE DE VOYOU!
FICHU! J'ARRIVE TROP TARD!
À MOINS QUE...

LÀ-BAS! L'HOMME QUE J'AI BOUSCULÉ ....
CANNE CROCO, SERVIET TE À POMMEAU, CHAPEAU ...
C'EST MON HOMME!
... PAS UNE MINUTE À PERDRE!
SUIVEZ LE TAXI QUI VIENT DE PARTIR, VITE!
?
NE LE PERDEZ PAS DE VUE ...
BON!.. DONC ... ÉLÈVE JÉRÔME K JÉRÔME BLOCHE : EXACTITUDE DOUTEUSE ... 2 POINTS EN MOINS!.. PEU PHYSIONOMISTE ... MOINS 1,5!.. ...
DODIER 80: LE TENDRE + MAKYO
ARRÊTEZ-VOUS LÀ!!
UN CIMETIÈRE!.. DRÔLE D'ENDROIT POUR UNE PROMENADE NOCTURNE ...
AAAAARG

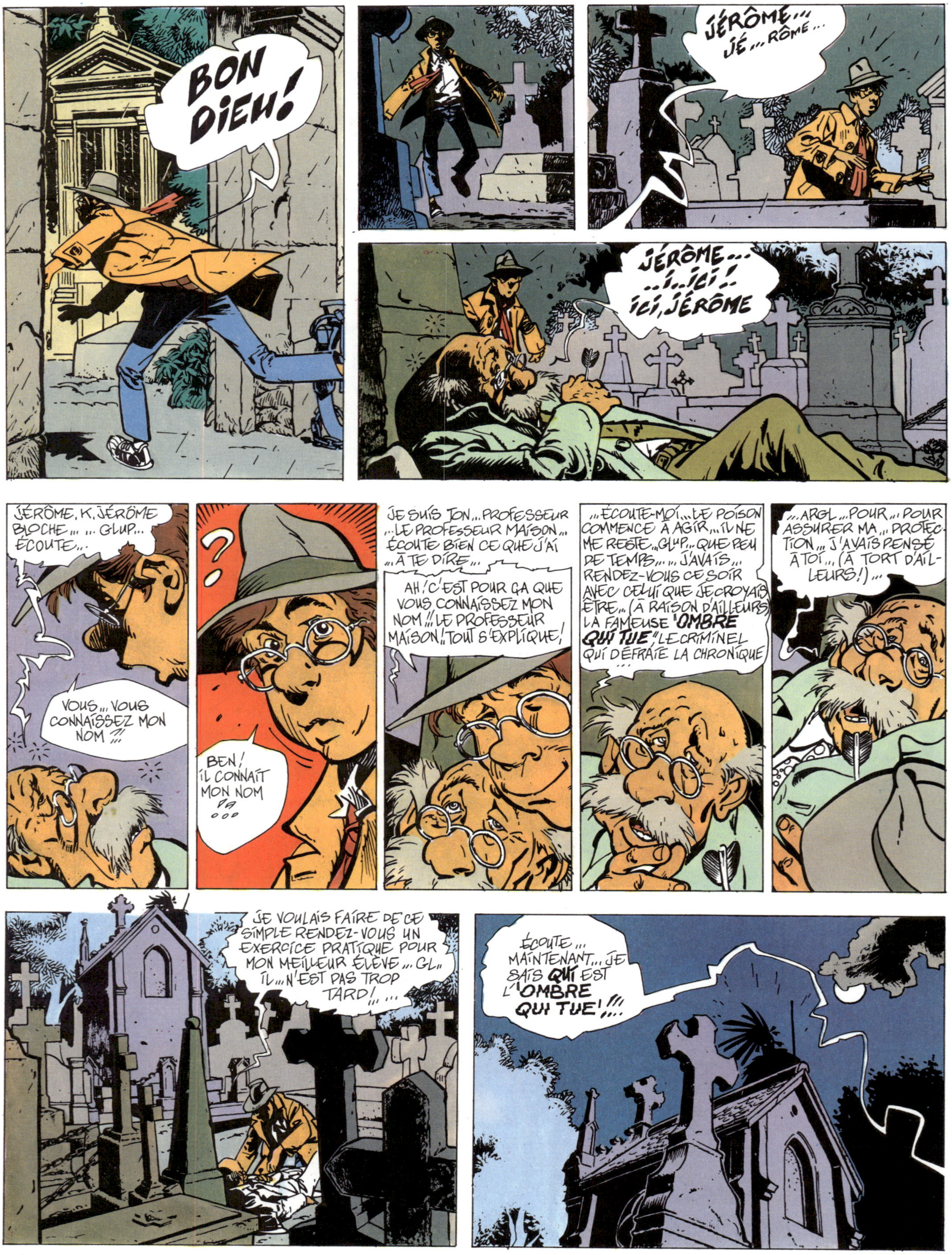
BON DIEU!
JÉRÔME... JÉ... RÔME...
JÉRÔME... ...I...ICI! ICI, JÉRÔME
JÉRÔME, K. JÉRÔME BLOCHE... ... GLUP... ÉCOUTE...
VOUS... VOUS CONNAISSEZ MON NOM ?!!
?
BEN! IL CONNAÎT MON NOM ?! ...
JE SUIS JON... PROFESSEUR ...LE PROFESSEUR MAISON... ÉCOUTE BIEN CE QUE J'AI ...À TE DIRE...
AH! C'EST POUR ÇA QUE VOUS CONNAISSEZ MON NOM !! LE PROFESSEUR MAISON! TOUT S'EXPLIQUE!
...ÉCOUTE-MOI... LE POISON COMMENCE À AGIR... IL NE ME RESTE... GLUP... QUE PEU DE TEMPS... ... J'AVAIS... RENDEZ-VOUS CE SOIR AVEC CELUI QUE JE CROYAIS ÊTRE... (À RAISON D'AILLEURS) LA FAMEUSE 'OMBRE QUI TUE', LE CRIMINEL QUI DÉFRAIE LA CHRONIQUE ...
...ARGL... POUR... POUR ASSURER MA... PROTECTION... J'AVAIS PENSÉ À TOI... (À TORT D'AILLEURS!) ...
JE VOULAIS FAIRE DE CE SIMPLE RENDEZ-VOUS UN EXERCICE PRATIQUE POUR MON MEILLEUR ÉLÈVE... GL... IL... N'EST PAS TROP TARD! ... ...
ÉCOUTE... MAINTENANT... JE SAIS QUI EST L'OMBRE QUI TUE!...

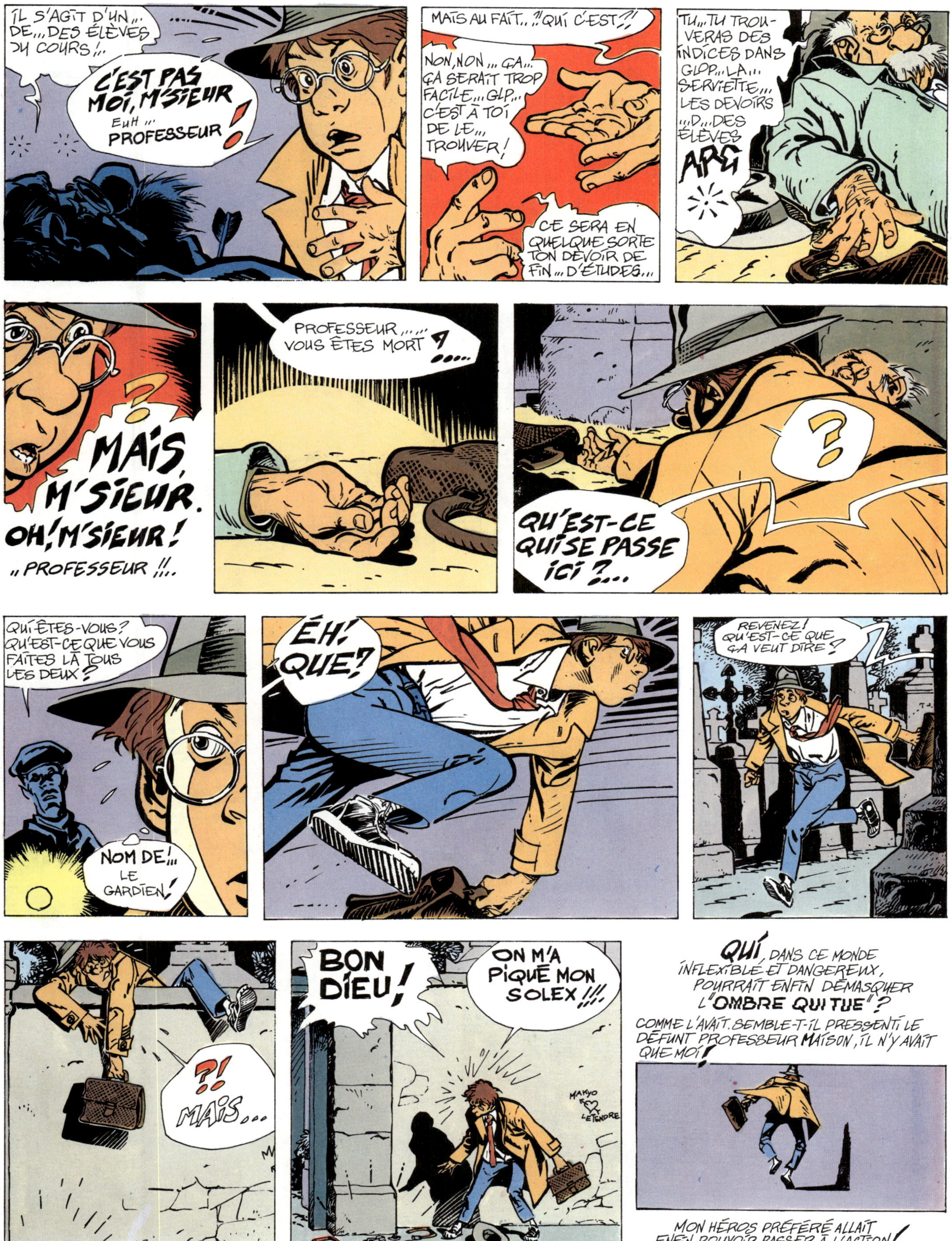

IL S'AGIT D'UN... DE... DES ÉLÈVES DU COURS!..
C'EST PAS MOI, M'SIEUR EUH... PROFESSEUR!
MAIS AU FAIT...?! QUI C'EST?!
NON, NON... ÇA... ÇA SERAIT TROP FACILE... GLP... C'EST À TOI DE LE... TROUVER!
CE SERA EN QUELQUE SORTE TON DEVOIR DE FIN... D'ÉTUDES...
TU... TU TROUVERAS DES INDICES DANS GLOP... LA... SERVIETTE... LES DEVOIRS ...D... DES ÉLÈVES
ARG
MAIS, M'SIEUR. OH! M'SIEUR! ..PROFESSEUR!!!..
PROFESSEUR...... VOUS ÊTES MORT?....
?
QU'EST-CE QUI SE PASSE ICI?...
QUI ÊTES-VOUS? QU'EST-CE QUE VOUS FAITES LÀ TOUS LES DEUX?
NOM DE!.. LE GARDIEN!
ÉH! QUE?
REVENEZ! QU'EST-CE QUE ÇA VEUT DIRE?
?! MAIS...
BON DIEU!
ON M'A PIQUÉ MON SOLEX!!!
MAKYO LETENDRE
QUI, DANS CE MONDE INFLEXIBLE ET DANGEREUX, POURRAIT ENFIN DÉMASQUER L'"OMBRE QUI TUE"?
COMME L'AVAIT, SEMBLE-T-IL PRESSENTI LE DÉFUNT PROFESSEUR MAISON, IL N'Y AVAIT QUE MOI!
MON HÉROS PRÉFÉRÉ ALLAIT ENFIN POUVOIR PASSER À L'ACTION!

ENCORE UNE NUIT DIFFICILE ... JE N'AVAIS DORMI QUE DIX HEURES,
ÉTAIT-CE LE VOL DE MON SOLEX OU LA DISPARITION INATTENDUE DU PROFESSEUR MAISON QUI AVAIT ÉCOURTÉ À CE POINT MON SOMMEIL ?...
LA PREMIÈRE POSSIBILITÉ ME PARAISSAIT ... HEU, ENCORE QUE LA SECONDE ... ... QUOIQUE ... ... REMARQUEZ ! ...
BREF, IL ME RESTAIT MON DEVOIR : J'AVAIS À DÉMASQUER L'"OMBRE QUI TUE" !
CHTOK
PUISQUE MON PROFESSEUR MOURANT AVAIT LA CERTITUDE QU'IL S'AGISSAIT D'UN DE SES 25 ÉLÈVES ... 24 PLUTÔT, PUISQUE J'AVAIS UN ALIBI ...
... JE ME DÉCIDAI À EMPLOYER MA FAMEUSE MÉTHODE SCIENTIFIQUE "DE LA FLÉCHETTE" POUR LE DÉBUT DE MON ENQUÊTE !
CHTAK
VOILÀ ! LE SORT EN EST JETÉ !!

...ALORS... ANTOINE DESNEIGES, COLETTE FAURE, BRICH AUCH, JOE WETS ...ET BASILE REJETON ...!!
MMH... BASILE REJETON ...39 RUE ...MMH...
?
BABETTE !!
JÉRÔME !! JUSTEMENT, JE PASSAIS TE DIRE AU REVOIR !! JE M'EN VAIS POUR RIO DE JANEIRO
?! RIO...?!
AH ?! C'EST BIEN !! TU PEUX ME DÉPOSER ?!
...ET TON SOLEX ?!
ENVOLÉ ! EUH... DISONS VOLÉ, PLUTÔT !!
TU PEUX T'ARRÊTER, C'EST LÀ !
DODIER
SC: MAKYO + LETENDRE
MERCI !! SALUT !!
...ET N'OUBLIE PAS DE ME RAMENER UNE SIRÈNE POUR MA COLLECTION
PFFF !! CHOUETTE PAVILLON !

DLIN DILING
BEN ?! ÇA NE RÉPOND PAS ?!!
ENTREZ ! C'EST OUVERT !!
OUVERT ?! AH BON !
?!... MAIS !?... COMMENT SAVEZ-VOUS ÇA, VOUS ?
C'EST SIMPLE,...
...JE TRAVAILLE LÀ !
QU'EST-CE QUE C'EST, AMÉLIE ?
UN MONSIEUR, MADAME ! UN MONSIEUR QUI VOUDRAIT VOIR MONSIEUR BASILE !!
BASILE ?!! MAIS IL N'HABITE PAS LÀ ! C'EST POUR QUOI ?!!
...EUH... JE... COMMENT DIRE ?... C'EST À CAUSE DES... ENFIN DE... DES COURS DE DÉTECTIVE !... IL SUIT BIEN DES COURS DE DÉTECTIVE ?!!
MON FILS !! DES COURS DE DÉTECTIVE ?!!? MAIS C'EST GROTESQUE !!
...EUH ! JE ME PERMETS D'INSISTER !! J'AI LÀ UN PAPIER ......
MOI, JE NE VOUS PERMETS PAS, JEUNE HOMME !! VOUS COMMENCEZ À M'IMPORTUNER !!
MAIS POURTANT, JE VOUS ASSURE...
C'EN EST ASSEZ, JEUNE HOMME !
HÉ !
12

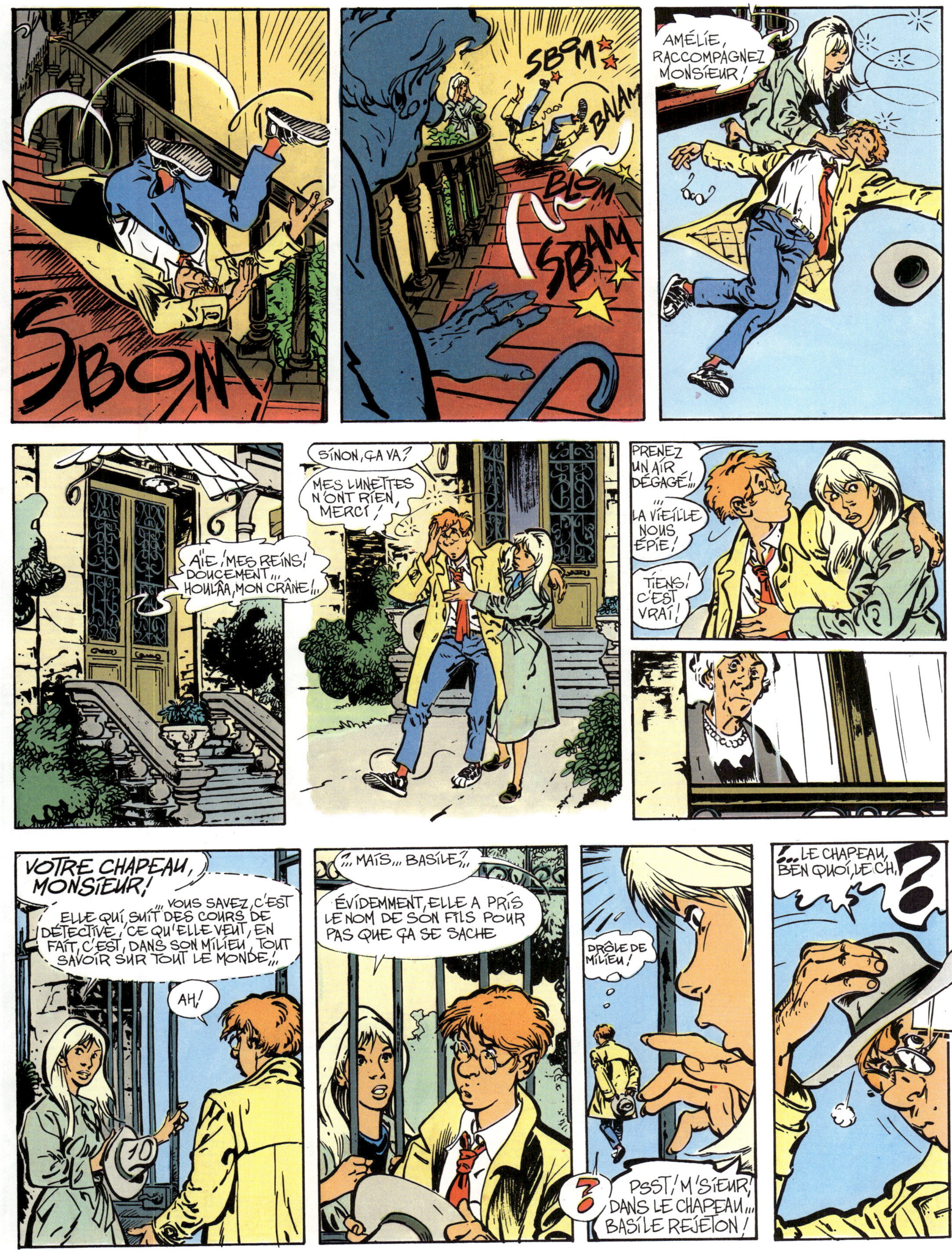
SBOM
SBOM
BALAM
BLOM
SBAM
AMÉLIE, RACCOMPAGNEZ MONSIEUR !
AÏE, MES REINS ! DOUCEMENT... HOULÀAA, MON CRÂNE !...
SINON, ÇA VA ?
MES LUNETTES N'ONT RIEN, MERCI !
PRENEZ UN AIR DÉGAGÉ !...
... LA VIEILLE NOUS ÉPIE !
TIENS ! C'EST VRAI !
VOTRE CHAPEAU, MONSIEUR !
... VOUS SAVEZ, C'EST ELLE QUI SUIT DES COURS DE DÉTECTIVE, CE QU'ELLE VEUT, EN FAIT, C'EST, DANS SON MILIEU, TOUT SAVOIR SUR TOUT LE MONDE !...
AH !
... MAIS... BASILE ?
ÉVIDEMMENT, ELLE A PRIS LE NOM DE SON FILS POUR PAS QUE ÇA SE SACHE
DRÔLE DE MILIEU !
PSST ! M'SIEUR, DANS LE CHAPEAU... BASILE REJETON !
... LE CHAPEAU, BEN QUOI, LE CH...

SORBONNE
... D'AILLEURS, DANS LES RELIGIONS AUSTRALIENNES ET SUD-AMÉRICAINES, LE SCHÉMA INITIATIQUE DE LA MORT RITUELLE...
... ... A ÉTÉ SOUVENT MODIFIÉ PAR DE MULTIPLES MUTATIONS MAGICO-RELIGIEUSES.
Professeur Basile Rejeton Sorbonne
C'EST CE QUE NOUS ÉTUDIERONS LA SEMAINE PROCHAINE, MERCI DE VOTRE ATTENTION.
JE VOIS QUE MON COURS VOUS A PASSIONNÉ, MONSIEUR... MH... MONSIEUR?!
HEIN?! EUH... MONSIEUR REJETON?
... VOUS SAVEZ, IL NE FAUT PAS ATTACHER TROP D'IMPORTANCE À TOUT CECI!... MA MÈRE EST UN PEU FANTASQUE, SURTOUT DEPUIS LA MORT DE SON MARI
VOTRE PÈRE, JE SUPPOSE?!...
... MON PÈRE, EN EFFET!... UN DES PILIERS DE L'ANTHROPOLOGIE MODERNE, DISPARU LORS D'UNE EXPÉDITION DANS DES CIRCONSTANCES TRAGIQUES... ... MAIS LAISSONS CELA!
... VOUS ÉTIEZ EN TRAIN DE ME PARLER DE CETTE "OMBRE QUI TUE"!
AH OUI! L'"OMBRE QUI TUE"... REMARQUEZ... LAISSONS CELA AUSSI PARCE QUE, TOUT COMPTE FAIT... ET VU LES CIRCONSTANCES ... CE N'EST PLUS LA PEINE!
BON! BEN... AU REVOIR, M'SIEUR REJETON!

PT PT POUT PT
HUM, TOUT ÇA NE M'AVANCE PAS BEAUCOUP ! ZUT, J'AI PAS MON BRIQUET !
...PARDON ! Z'AURIEZ PAS DU FEU ?
DU F... MAIS... B... BIEN SÛR !
MMPF MERCI...
PTT POUT PET
?
JE NE RÊVE PAS ! C'EST... C'EST MON SOLEX !
PT POUT PRT
BON DIEU DE BON DIEU ! MON SOLEX !
AH, LE...!! IL M'A REPÉRÉ OU QUOI ?
BON SANG, IL GAGNE DU TERRAIN !
NOM D'UN CHIEN... IL VA M'ÉCHAPPER !
DISPARU !
BON SANG DE BON SANG DE
PAS DE CHANCE !
DODIER LE TENDRE + MAKYO
15

VOYONS LA FICHE DE L'ÉLÈVE SUIVANT ,,, JOE WETZ ,,, RUE DE LA RÉUNION ,,,
PAS LOIN, ÇA ! SCRUNCH !,, À DEUX PAS ! SCRUNCH SCRUNCH
IMPRIMERIE
TIENS ! MAIS C'EST MON QUARTIER !,,
BIZARRE ! ON EST DANS MA RUE !,,
20 Arr RUE DE LA RÉUNION
ÉTRANGE, IL ENTRE DANS MON IMMEUBLE !,,
ÇA ALORS !
concierge revient de suite
MAIS ?!
OÙ EST-IL PASSÉ ?

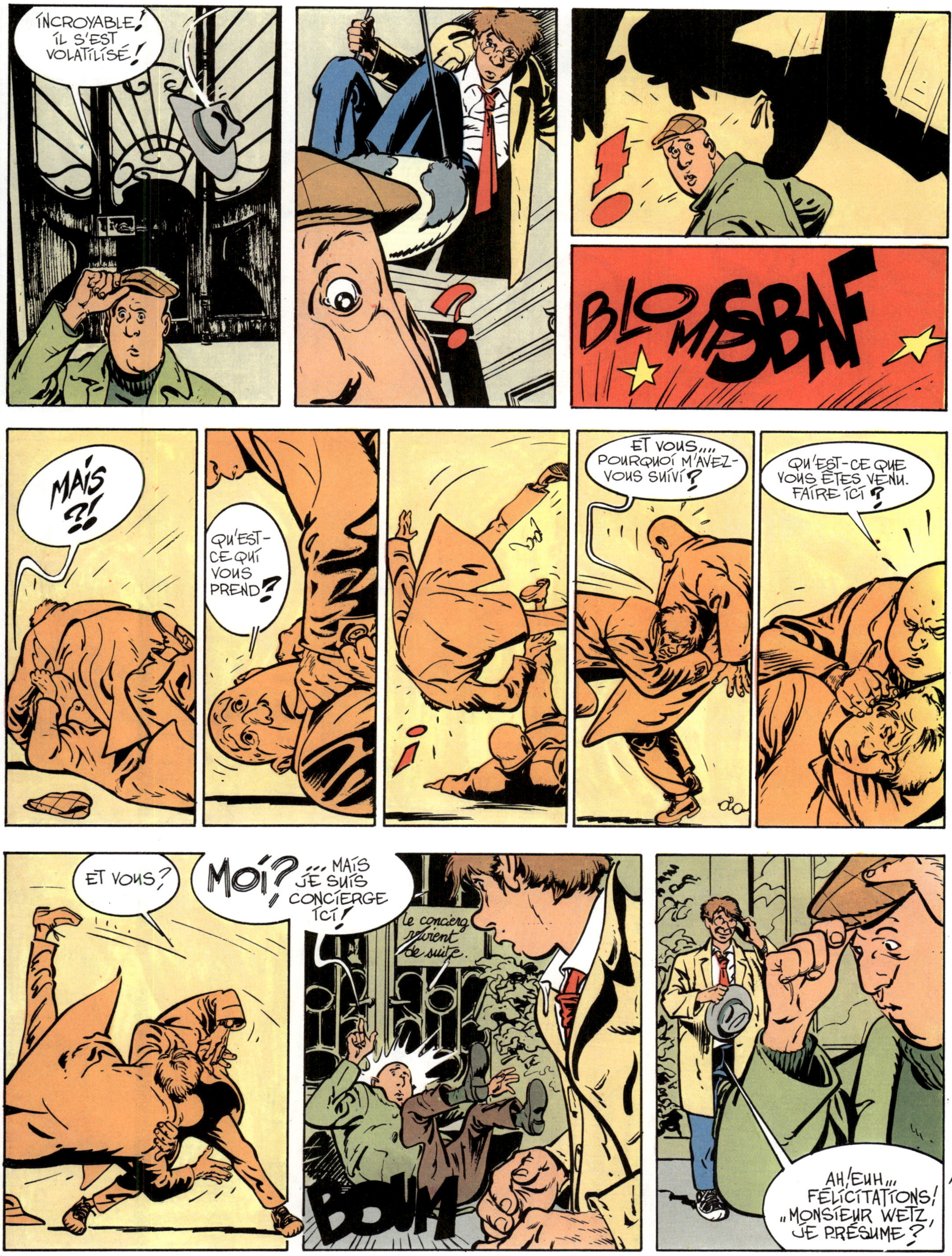

ÍNCROYABLE! ÍL S'EST VOLATÍLÍSÉ!
!
?
BLOM
SBAF
MAÍS ?!
QU'EST-CE QUÍ VOUS PREND?
¡
ET VOUS.... POURQUOÍ M'AVEZ-VOUS SUÍVÍ?
QU'EST-CE QUE VOUS ÊTES VENU FAÍRE ÍCÍ?
ET VOUS?
MOÍ?... MAÍS JE SUÍS CONCÍERGE ÍCÍ!
le concierg revient de suite.
BOUM
AH! EUH... FÉLÍCÍTATÍONS! "MONSÍEUR WETZ, JE PRÉSUME?"

17

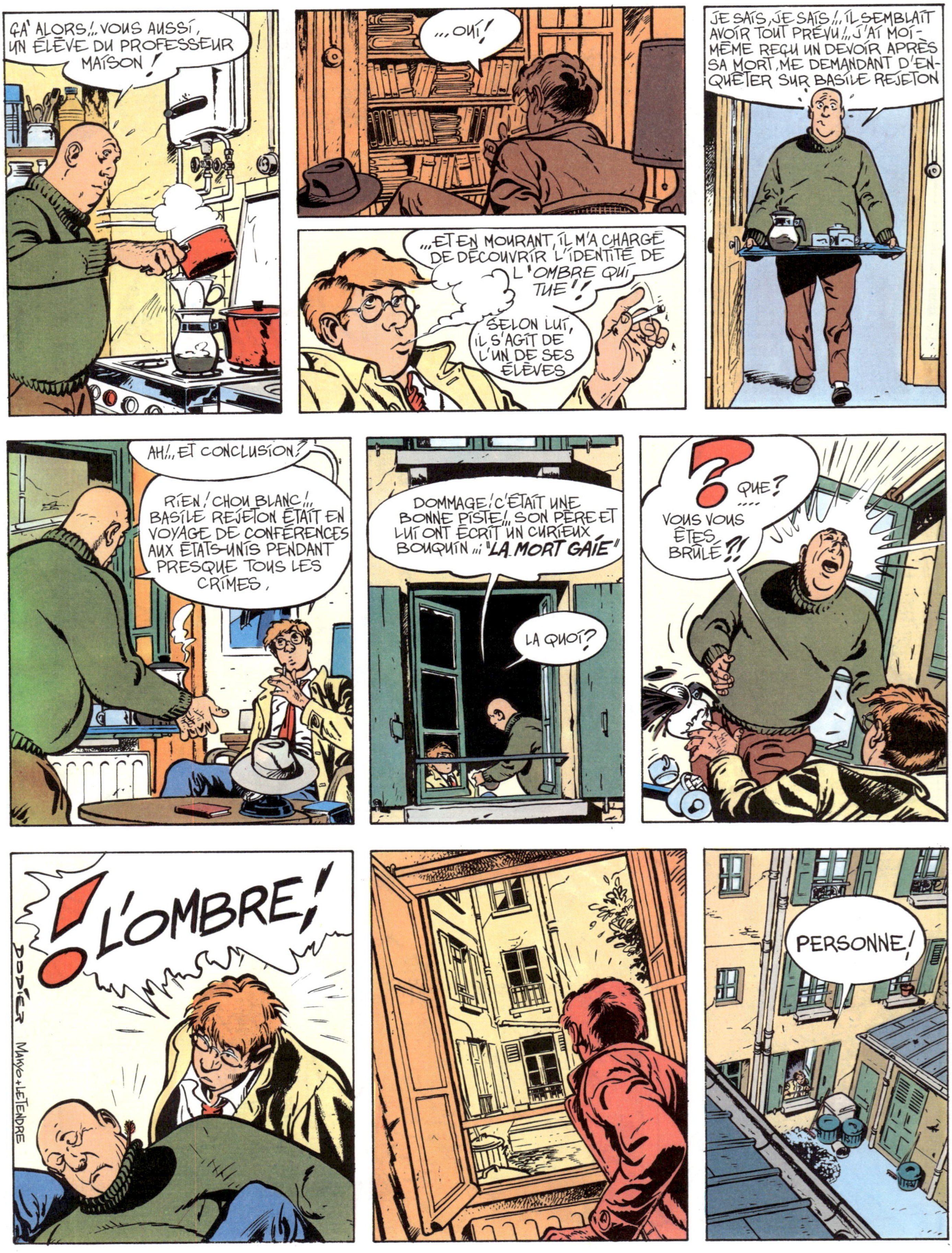
ÇA' ALORS !.. VOUS AUSSI, UN ÉLÈVE DU PROFESSEUR MAISON !
... OUI !
JE SAIS, JE SAIS !.. IL SEMBLAIT AVOIR TOUT PRÉVU !.. J'AI MOI-MÊME REÇU UN DEVOIR APRÈS SA MORT, ME DEMANDANT D'ENQUÊTER SUR BASILE REJETON
...ET EN MOURANT, IL M'A CHARGÉ DE DÉCOUVRIR L'IDENTITÉ DE L'OMBRE QUI TUE !!
SELON LUI, IL S'AGIT DE L'UN DE SES ÉLÈVES
AH !.. ET CONCLUSION ?
RIEN ! CHOU BLANC !.. BASILE REJETON ÉTAIT EN VOYAGE DE CONFÉRENCES AUX ÉTATS-UNIS PENDANT PRESQUE TOUS LES CRIMES.
DOMMAGE ! C'ÉTAIT UNE BONNE PISTE !.. SON PÈRE ET LUI ONT ÉCRIT UN CURIEUX BOUQUIN ... "LA MORT GAIE"
LA QUOI ?
?
QUE ? ....
VOUS VOUS ÊTES BRÛLÉ ?!
! L'OMBRE !
DODIER
MAKYO+LETENDRE
PERSONNE !

Monsieur Etienne GALOUBY
39, rue des ORTEAUX
75 020
PARIS.
FRANCE
PROFESSEUR MAISON
cours par correspondance :
-CRIMINOLOGIE.
-CRIMINALISTIQUE.
-INVESTIGATION.
DEVOIR N°.....dernier devoir
Si vous recevez ce devoir,c'est que j'ai été victime de l'ombre qui tue.J'ai la certitude qu'il s'agit d'un des élèves de mon cours.
Dans le double intérêt de la justice et de la formation pratique des étudiants...il appartiendra à chaque élève d'enquêter sur un autre élève de façon à ce que le meurtrier soit inévitablement démasqué.
pour vous GALOUBY - enquêter sur le docteur AUCH - psychiatre - au chateau de Belle-Font - SARTHE -
Bonne chance - Adieu
CROUiii
POLICE

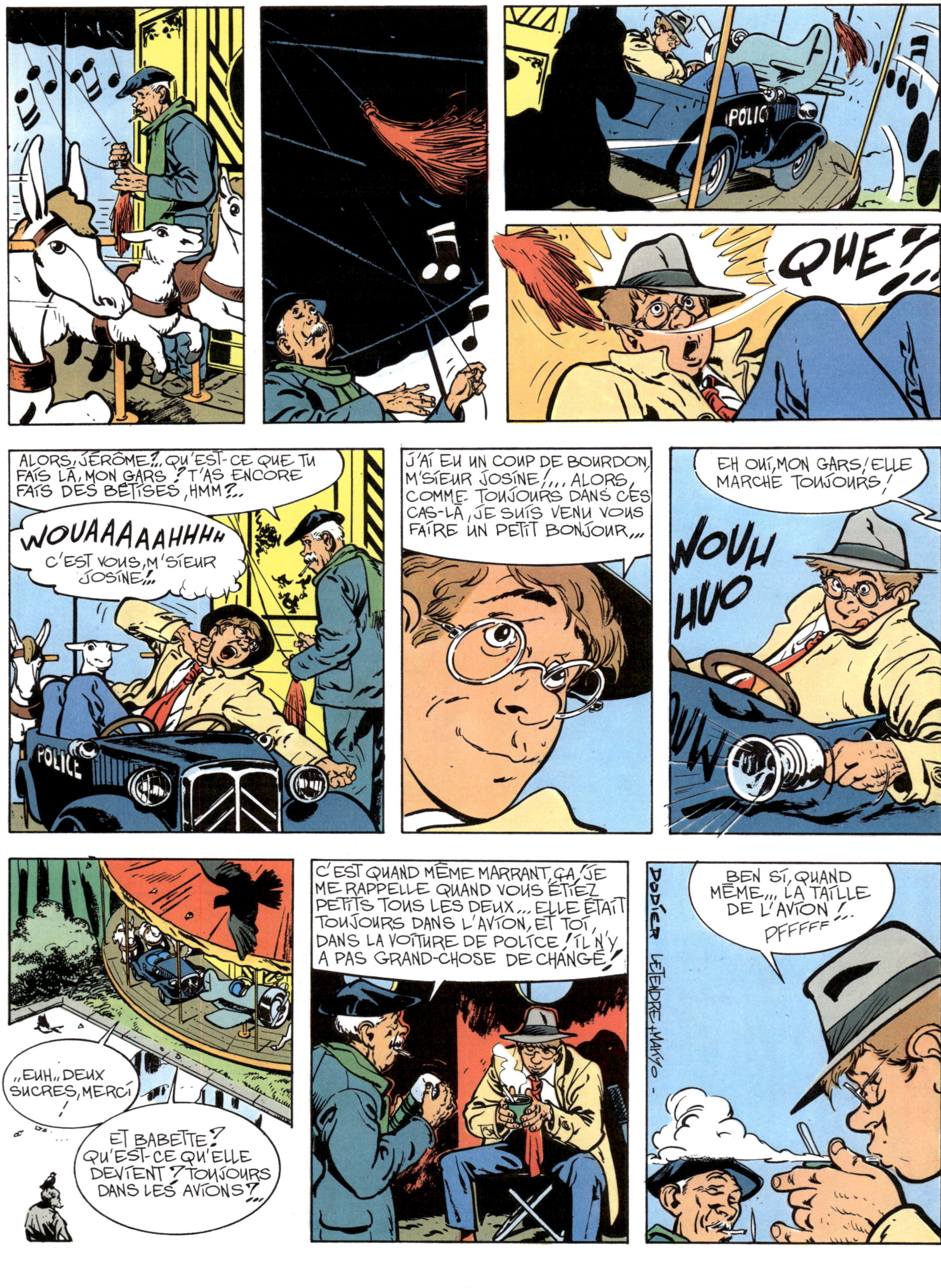
QUE ?!
ALORS, JÉRÔME ?!.. QU'EST-CE QUE TU FAIS LÀ, MON GARS ? T'AS ENCORE FAIS DES BÊTISES, HMM ?!..
WOUAAAAAHHHH
C'EST VOUS, M'SIEUR JOSINE !..
J'AI EU UN COUP DE BOURDON, M'SIEUR JOSINE !... ALORS, COMME TOUJOURS DANS CES CAS-LÀ, JE SUIS VENU VOUS FAIRE UN PETIT BONJOUR...
EH OUI, MON GARS ! ELLE MARCHE TOUJOURS !
WOUH HUO
..EUH.. DEUX SUCRES, MERCI !
ET BABETTE ? QU'EST-CE QU'ELLE DEVIENT ? TOUJOURS DANS LES AVIONS ?...
C'EST QUAND MÊME MARRANT, ÇA ! JE ME RAPPELLE QUAND VOUS ÉTIEZ PETITS TOUS LES DEUX... ELLE ÉTAIT TOUJOURS DANS L'AVION, ET TOI, DANS LA VOITURE DE POLICE ! IL N'Y A PAS GRAND-CHOSE DE CHANGÉ !
DODIER LETENDRE+MAKYO.
BEN SI, QUAND MÊME... LA TAILLE DE L'AVION !..
PFFFFF...
20

TU T'ES FOURRÉ DANS UNE DRÔLE D'HISTOIRE
OUI... ALORS, SI VOUS ÊTES D'ACCORD, JE POURRAIS PEUT-ÊTRE DORMIR LÀ UN SOIR OU DEUX !, C'EST PLUS SÛR !
JE M'EN VAIS ! JE VOIS QUE LES GOSSES ARRIVENT DÉJÀ !
OUI !... ON EST MERCREDI !... PERDS PAS LA CLEF !
BON ! C'EST RISQUÉ, MAIS TANT PIS... JE VAIS PASSER CHEZ MOI ! ... ... IL FAUT ABSOLUMENT QUE JE CHANGE DE CHAUSSETTES !
21

TIENS, TIENS !...
À MOINS QUE !...
!... MAIS ENFIN, MONSIEUR ! ÇA NE SE FAIT PAS !... ON N'ESSAIE PAS LES CHAUSSETTES, D'HABITUDE !!!...
VOUS ÊTES SÛRE !? ON ESSAIE BIEN LES CHAUSSURES !
MMH !... JE PRENDS CELLES-CI
INUTILE DE FAIRE UN PAQUET, C'EST POUR EMPORTER !
?... LES FICHES !
C'EST VRAI ! JE DOIS POURSUIVRE MON ENQUÊTE !
MONSIEUR, MONSIEUR ! VOUS OUBLIEZ VOS CHAUSSETTES !... EUH !... USAGÉES !
VOYONS !... BRICE AUCH... PSYCHIATRE ... CHÂTEAU DE BELLEFOND ... SARTHE ... HUM ! C'EST PAS LA PORTE À CÔTÉ, ÇA !!
?
OUF ! DE JUSTESSE

DODIER MAKYO+LE TENDRE
AU PIED DE LA TOUR... L'ASCENSEUR... DERNIER ÉTAGE!...
OUI?
...JÉRÔME K. JÉRÔME BLOCHE! EST-CE QUE JE POURRAIS VOIR LE DOCTEUR AUCH ?!
BONJOUR, VISITEUR!
?
UN ASCENSEUR!... DANS UN CHÂTEAU! DRÔLE D'IDÉE
BRRR... ET MOI QUI AI HORREUR DE CES ENGINS!... MA VIEILLE CLAUSTROPHOBIE!
FIZZZ
?
BON DIEU! LE NOIR... MANQUAIT PLUS QUE ÇA! L'ANGOISSE! J'AI TOUJOURS EU UNE PEUR MORBIDE, MALADIVE DU NOIR!
ÇA Y EST! TOUTES MES VIEILLES PEURS REMONTENT... LES MONSTRES VONT VENIR ME DÉVORER!... MAMAN! JE... JE
PLUS QU'UNE CHOSE À FAIRE Sooo

MANGER
SCROTCH! SCRUNCH
SURPRENANT!
BZZZZZ
AH! ÇA Y EST, C'EST REPARTI! SCRUNCH
DANS MES BRAS, MON AMI!!
FIZZZZZ
?
...MON AMI, VOUS AVEZ PARFAITEMENT RÉUSSI LE TEST DE L'ASCENSEUR !...
LE QUOI ?
ENFIN UN SUJET BIEN ÉQUILIBRÉ !... EUH... ATTENTION À LA MARCHE !
HEIN ?!
...UN PETIT TRUC INFAILLIBLE QUE J'UTILISE POUR SONDER MES VISITEURS OU MES FUTURS CLIENTS !...
...MAIS DITES-MOI, QUE PUIS-JE POUR VOUS, MON AMI ?
EH BIEN... EUH... VOILA DOC'... EUH... PROFES'... HUM, M'SIEUR AUCH ! ...VOUS ÉTIEZ, COMME MOI, JE PENSE, UN DES ÉLÈVES DU PROFESSEUR MAISON
EXACT, MON AMI, EXACT !
...OUI, J'APPRÉCIAIS BEAUCOUP SES COURS... LE JUSTE COMPLÉMENT DE MES RECHERCHES EN CRIMINOLOGIE, VOYEZ-VOUS !...
(24

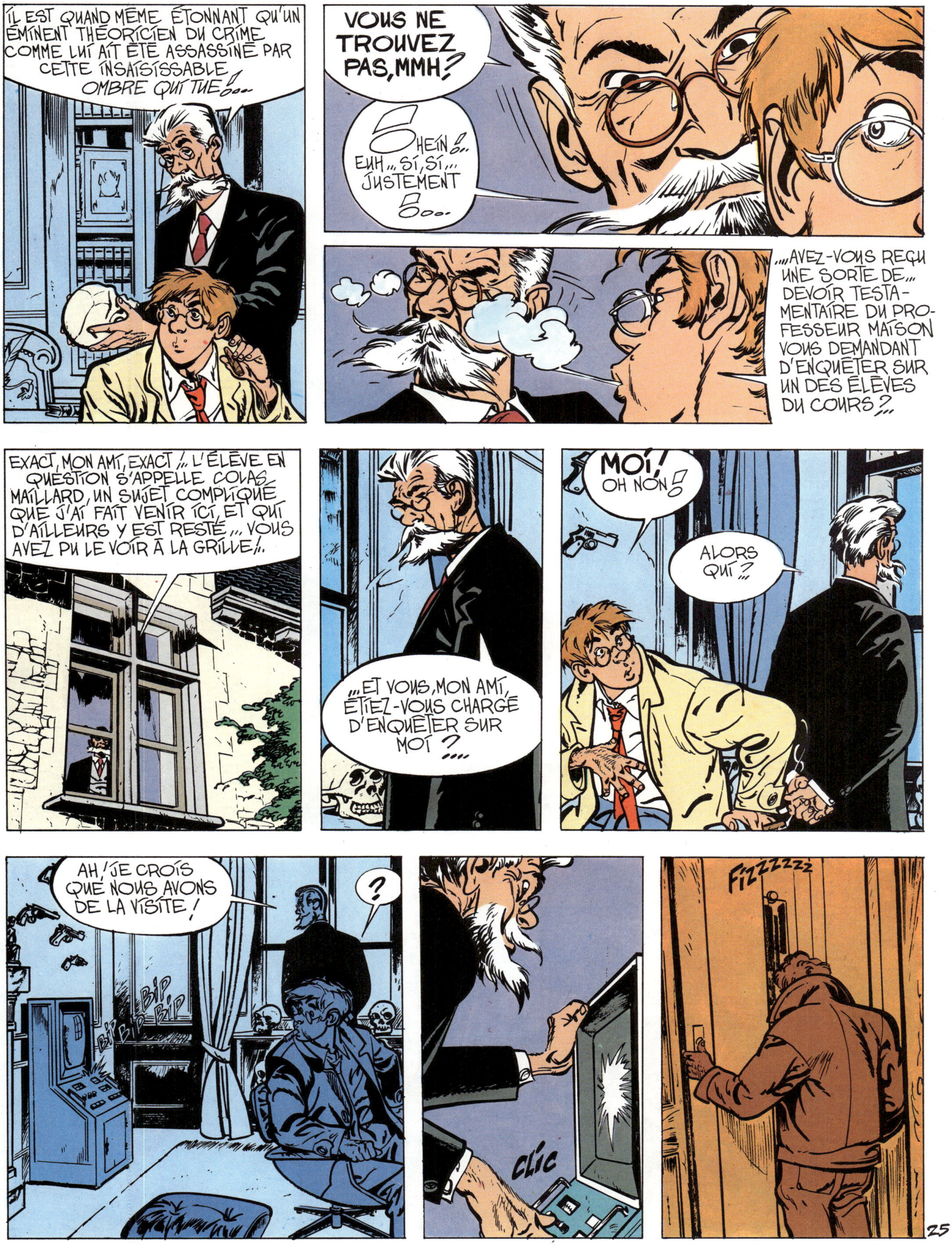
IL EST QUAND MÊME ÉTONNANT QU'UN ÉMINENT THÉORICIEN DU CRIME COMME LUI AIT ÉTÉ ASSASSINÉ PAR CETTE INSAISISSABLE OMBRE QUI TUE !...
VOUS NE TROUVEZ PAS, MMH ?
HEIN !... EUH... SI, SI... JUSTEMENT !...
...AVEZ-VOUS REÇU UNE SORTE DE... DEVOIR TESTAMENTAIRE DU PROFESSEUR MAISON VOUS DEMANDANT D'ENQUÊTER SUR UN DES ÉLÈVES DU COURS ?
EXACT, MON AMI, EXACT !... L'ÉLÈVE EN QUESTION S'APPELLE COLAS MAILLARD, UN SUJET COMPLIQUÉ QUE J'AI FAIT VENIR ICI, ET QUI D'AILLEURS Y EST RESTÉ... VOUS AVEZ PU LE VOIR À LA GRILLE !...
...ET VOUS, MON AMI, ÉTIEZ-VOUS CHARGÉ D'ENQUÊTER SUR MOI ?...
MOI ! OH NON !
ALORS QUI ?
AH ! JE CROIS QUE NOUS AVONS DE LA VISITE !
?
BIP BIP BIP BIP
CLIC
FIZZZZZZ
25

TIENS ! JE NE CONNAIS PAS CE MONSIEUR !... VOYONS VOIR SES RÉACTIONS,
AH ! LE COUP DE LA PANNE DE COURANT, C'EST ÇA LE TEST !
PAR SIGMUND ! IL EST ARMÉ !
?
PRENEZ GARDE !...
?!... BEN !... PERSONNE ?!!...
LA TRAPPE ! ELLE EST OUVERTE !...
JE LE SUIS !
VOUS, PRENEZ UNE ARME ET RETROUVEZ-MOI LÀ-HAUT !
UNE ARME ....
PAS UN GESTE ! LÂCHE TON ARME !
!

TU ES FAIT, CANAILLE !
ÉH
MAIS QU'EST-CE QUI TE PREND, CANAILLE ?!
FAIS PAS LE FOU, CANAILLE ! ON VA FINIR PAR SE BLESSER !!
CLAC
CLIC
CLAC
BLAM
BIZARRE... BIZARRE... LES EXPLICATIONS DU DOCTEUR AUCH CONCERNANT SON GESTE ÉTAIENT PEU CONVAINCANTES...
LE COUP EST PARTI TOUT SEUL ! JE NE COMPRENDS PAS CE QUI S'EST PASSÉ !...
SURPRENANT PROFESSEUR MAISON ET SURPRENANT VISITEUR SUR LEQUEL J'AVAIS DÉCOUVERT TOUT SIMPLEMENT... UN DEVOIR !...
DEVOIR N°...... dernier devoir
Si vous recevez ce devoir, c'e
tue. J'ai la certitude qu'il s'agit
Dans le double intérêt de la
étudiants...il appartiendra à chaqu
de façon à ce que le meurtrier soit
Pour vous GALOUBY-
enquêter sur le

OMBRE QUI TUE
C'EST SCANDALEUX!
UNE HONTE
ON NE RESPECTE PLUS RIEN!
ON UTILISE LE DRAME ET LE MALHEUR DES GENS POUR FAIRE DE L'ARGENT!
JÉRÔME, DÉPÊCHE-TOI! ON VA RATER LA DEUXIÈME PARTIE
LOGES
CORBEILLE
?
28

JE ME DISAIS AUSSI... JE CONNAIS CE CRÂNE! BONJOUR, MON AMI
AH! C'EST VOUS, DOC... PROF... EUH, M'SIEUR AUCH! LE SPECTACLE VOUS A ATTIRÉ AUSSI!!
EUH... CERTES! MAIS CE N'EST PAS LA SEULE RAISON DE MA VENUE À PARIS!...
...EN CE QUI CONCERNE L'AFFAIRE, J'AI LÀ UN LIVRE QUI DEVRAIT VOUS INTÉRESSER
AH!
CHUT! ÇA COMMENCE!
JE VOUS VERRAI TOUT À L'HEURE!...
CHUT!
CHUT!
CHUT!
29

AHH
OH!
OH!
OH! DES FLEURS!
AHHH
MAIS... CETTE VOIX!.. AUCH!
M'SIEUR AUCH!
MORT! BON SANG! L'OMBRE QUI TUE!

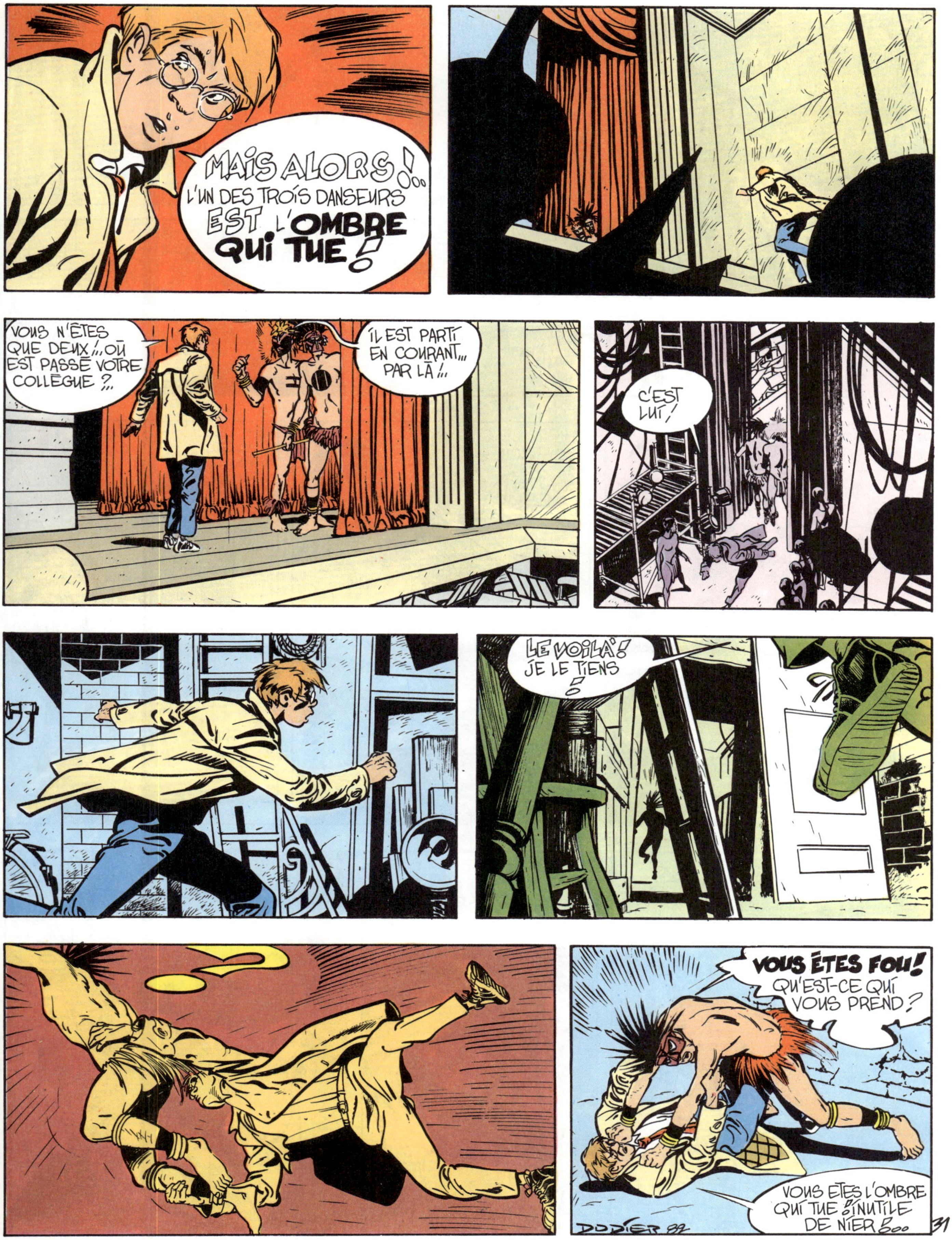
MAIS ALORS !... L'UN DES TROIS DANSEURS EST L'OMBRE QUI TUE !
VOUS N'ÊTES QUE DEUX !... OÙ EST PASSÉ VOTRE COLLÈGUE ?...
IL EST PARTI EN COURANT... PAR LÀ !...
C'EST LUI !
LE VOILÀ ! JE LE TIENS !
VOUS ÊTES FOU ! QU'EST-CE QUI VOUS PREND ?
VOUS ÊTES L'OMBRE QUI TUE ! INUTILE DE NIER !...
DODIER 88
31

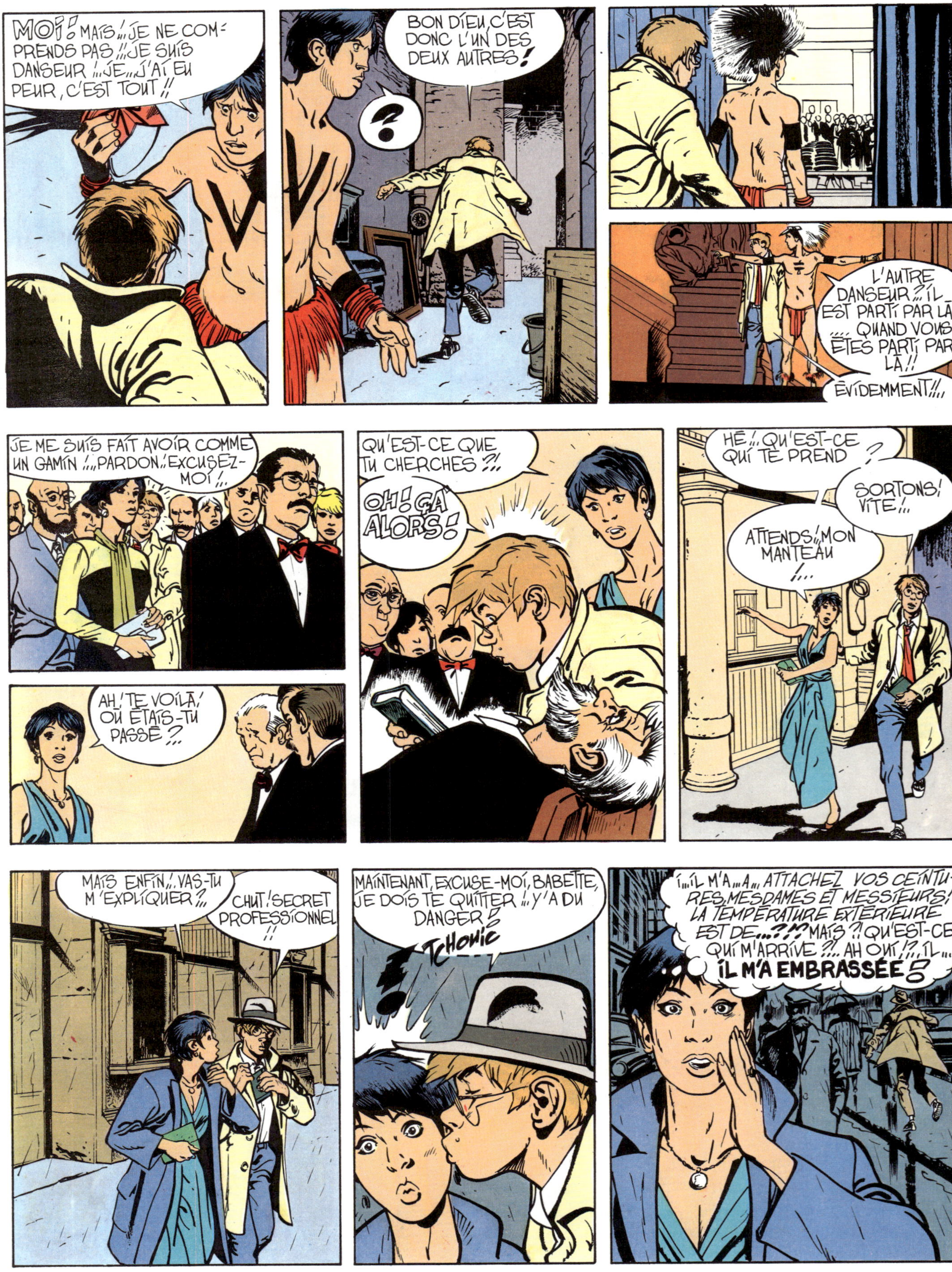
MOI ?! MAIS ...JE NE COMPRENDS PAS ...JE SUIS DANSEUR !...JE ...J'AI EU PEUR, C'EST TOUT !!
BON DIEU, C'EST DONC L'UN DES DEUX AUTRES !
?
L'AUTRE DANSEUR ?...IL EST PARTI PAR LÀ ... QUAND VOUS ÊTES PARTI PAR LÀ !!
ÉVIDEMMENT !!...
JE ME SUIS FAIT AVOIR COMME UN GAMIN !...PARDON...EXCUSEZ-MOI !...
QU'EST-CE QUE TU CHERCHES ?!...
OH ! ÇA ALORS !
HÉ !...QU'EST-CE QUI TE PREND ?
SORTONS ! VITE !...
ATTENDS ! MON MANTEAU !...
AH ! TE VOILÀ ! OÙ ÉTAIS-TU PASSÉ ?...
MAIS ENFIN !...VAS-TU M'EXPLIQUER ?!...
CHUT ! SECRET PROFESSIONNEL !!
MAINTENANT, EXCUSE-MOI, BABETTE, JE DOIS TE QUITTER !...Y'A DU DANGER !
TCHOUIC
I...IL M'A...A... ATTACHEZ VOS CEINTURES, MESDAMES ET MESSIEURS ! LA TEMPÉRATURE EXTÉRIEURE EST DE...?!?! MAIS ?! QU'EST-CE QUI M'ARRIVE ?!... AH OUI !?...IL... IL M'A EMBRASSÉE !

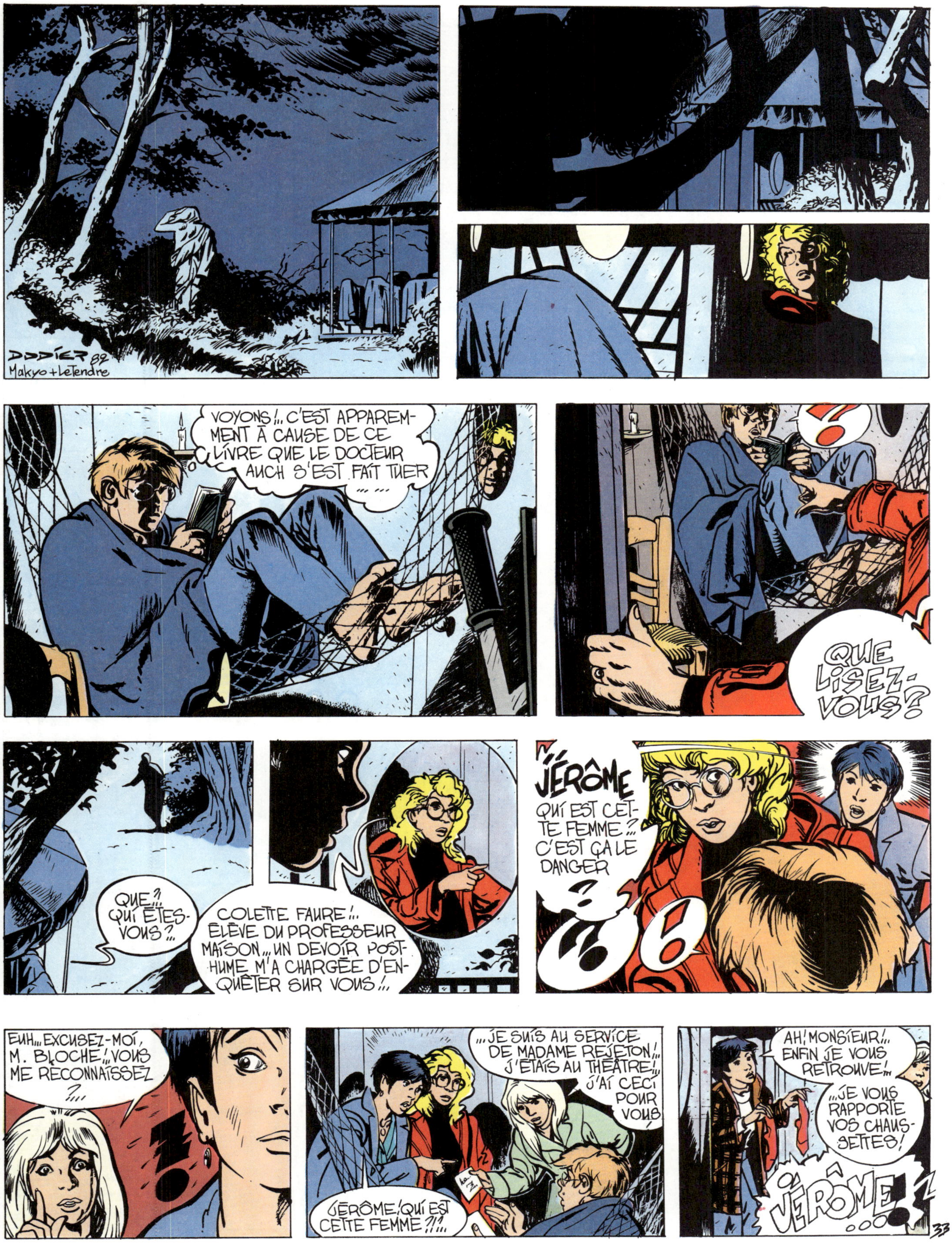
DODIER 82
Makyo + Letendre
VOYONS !... C'EST APPAREMMENT À CAUSE DE CE LIVRE QUE LE DOCTEUR AUCH S'EST FAIT TUER ... ...
QUE LISEZ-VOUS ?
QUE ?! QUI ÊTES-VOUS ?!..
COLETTE FAURE !... ÉLÈVE DU PROFESSEUR MAISON ... UN DEVOIR POSTHUME M'A CHARGÉE D'ENQUÊTER SUR VOUS !...
JÉRÔME
QUI EST CETTE FEMME ?! C'EST ÇA LE DANGER
EUH ... EXCUSEZ-MOI, M. BLOCHE !... VOUS ME RECONNAISSEZ ?!..
... JE SUIS AU SERVICE DE MADAME REJETON !.. J'ÉTAIS AU THÉÂTRE !.. J'AI CECI POUR VOUS !
JÉRÔME ! QUI EST CETTE FEMME ?!?!..
AH ! MONSIEUR !.. ENFIN JE VOUS RETROUVE !..
... JE VOUS RAPPORTE VOS CHAUSSETTES !
OH JÉRÔME ! ... ...
33

Le lendemain...
VOYONS, VOYONS !.." LA MORT GAÏE ... ETUDE DU RITE RELIGIEUX DE LA PRÉPARATION À LA MORT CHEZ LES INDIENS TASAMAYS OROAK "
ARRET AUTORISE POUR LIVRAISONS DE 8H À 13H
...ALORS !.. OÙ EN ÉTAIS JE ?..
AH OUI !..LA STATUETTE !...
..."ET C'EST À CETTE STATUETTE D'APPARENCE SURPRENANTE QUE LES INDIENS TASAMAYS OROAK ATTRIBUENT LE POUVOIR OCCULTE DE RENDRE PLUS AGRÉABLE LE PASSAGE DE LA VIE À LA MORT..."!
POURQUOI DONC CET ÉTRANGE PSYCHIATRE AVAIT-IL SOULIGNÉ CE PASSAGE ?!..EST-CE À CAUSE DE ÇA QU'IL EST MORT ?!..
...ET PUIS QUEL RAPPORT TOUT CELA PEUT-IL BIEN AVOIR AVEC L' OMBRE QUI TUE ?!.. BASILE REJETON ME LE DIRA PEUT-ÊTRE ?!..
...APRÈS TOUT, C'EST LUI QUI A ÉCRIT LE BOUQUIN !... AH ! C'EST ICI !
VOYONS LE MOT DE LA PETITE BONNE... À QUELLE HEURE ME DONNAIT-IL RENDEZ-VOUS ?!.. AH ! JE SUIS EN RETARD !..

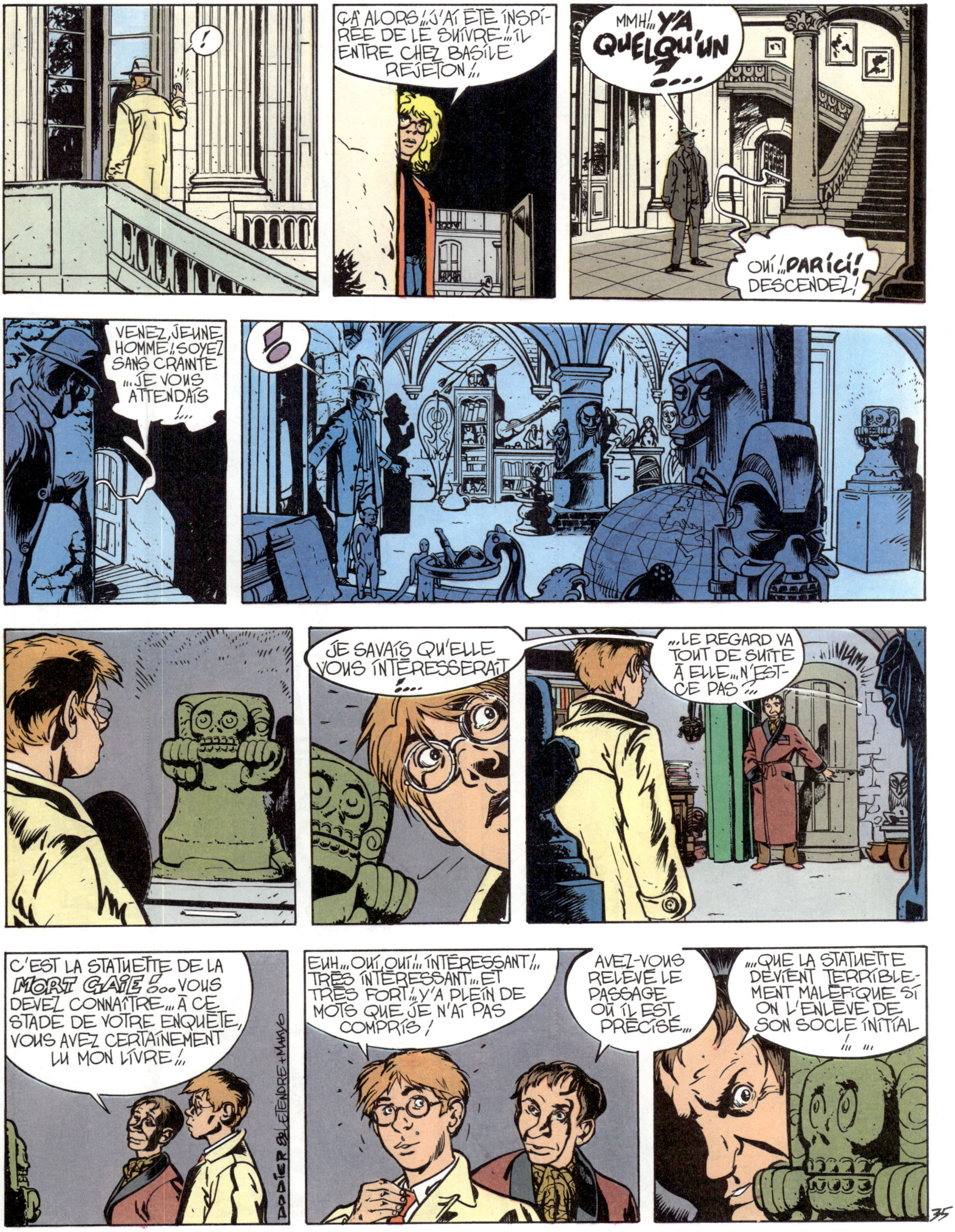
!
ÇA ALORS !... J'AI ÉTÉ INSPIRÉE DE LE SUIVRE !... IL ENTRE CHEZ BASILE REJETON !...
MMH !... Y'A QUELQU'UN ?....
OUI !... PAR ICI ! DESCENDEZ !
VENEZ, JEUNE HOMME !... SOYEZ SANS CRAINTE ... JE VOUS ATTENDAIS !...
JE SAVAIS QU'ELLE VOUS INTÉRESSERAIT !...
... LE REGARD VA TOUT DE SUITE À ELLE ... N'EST-CE PAS ?...
C'EST LA STATUETTE DE LA MORT GAIE !... VOUS DEVEZ CONNAÎTRE ... À CE STADE DE VOTRE ENQUÊTE, VOUS AVEZ CERTAINEMENT LU MON LIVRE !...
DODIER 93 LETENDRE + MAKYO
EUH ... OUI, OUI !... INTÉRESSANT !... TRÈS INTÉRESSANT ... ET TRÈS FORT !... Y'A PLEIN DE MOTS QUE JE N'AI PAS COMPRIS !
AVEZ-VOUS RELEVÉ LE PASSAGE OÙ IL EST PRÉCISÉ ...
... QUE LA STATUETTE DEVIENT TERRIBLEMENT MALÉFIQUE SI ON L'ENLÈVE DE SON SOCLE INITIAL !... ...
35

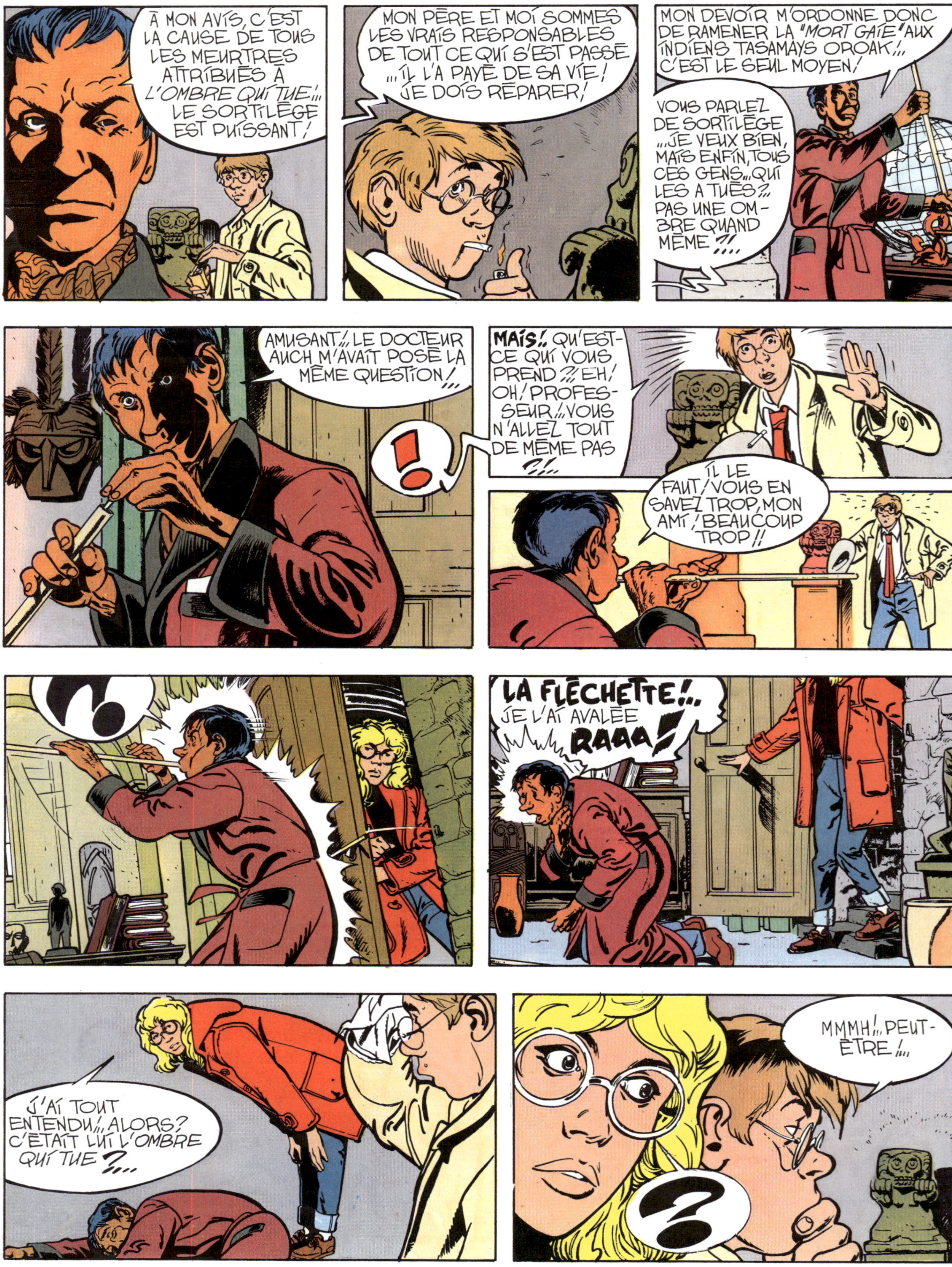
À MON AVIS, C'EST LA CAUSE DE TOUS LES MEURTRES ATTRIBUÉS À L'OMBRE QUI TUE!... LE SORTILÈGE EST PUISSANT!
MON PÈRE ET MOI SOMMES LES VRAIS RESPONSABLES DE TOUT CE QUI S'EST PASSÉ ...IL L'A PAYÉ DE SA VIE! JE DOIS RÉPARER!
MON DEVOIR M'ORDONNE DONC DE RAMENER LA "MORT GAIE" AUX INDIENS TASAMAYS OROAK!... C'EST LE SEUL MOYEN!
VOUS PARLEZ DE SORTILÈGE ...JE VEUX BIEN, MAIS ENFIN, TOUS CES GENS... QUI LES A TUÉS?... PAS UNE OMBRE QUAND MÊME?!...
AMUSANT!... LE DOCTEUR AUCH M'AVAIT POSÉ LA MÊME QUESTION!...
!
MAIS!.. QU'EST-CE QUI VOUS PREND?!.. EH! OH! PROFESSEUR!.. VOUS N'ALLEZ TOUT DE MÊME PAS ?!..
IL LE FAUT! VOUS EN SAVEZ TROP, MON AMI! BEAUCOUP TROP!!
?
LA FLÉCHETTE!.. JE L'AI AVALÉE
RAAA!
J'AI TOUT ENTENDU!.. ALORS? C'ÉTAIT LUI L'OMBRE QUI TUE?...
MMMH!.. PEUT-ÊTRE!...
?

. Andropov
lu K.G.B.
GE 4
Le Monde
Fondateur : Hubert Beuve-Méry
Directeur : Jacques Fauvet
JOUR
PARIS RESPIRE!
Il n'y a plus d'"ombre qui tue"!
Ainsi donc l'éminent ethnologue Basile Rejeton, scientifique de renommée mondiale dont les travaux sur les religions et rites primitifs faisaient jusqu'à présent autorité, était devenu l'ombre meurtrière qui a terrorisé la capitale pendant plus d'un an. Certains spécialistes affirment que c'est à cause de manipulations trop poussées des drogues utilisées dans certains rites oroaks que Basile Rejeton aurait perdu la raison.
A noter que....
Un jeune détective, J.K.J. Bloche, serait à l'origine de la découverte, bien que la police affirme qu'elle tenait l'affaire bien en main, en attendant que l'"Ombre qui tue" tombe dans le piège qu'elle n'avait pas encore tendu. Les spécialistes des questions
QUAI DES ORFÈVRES
JÉRÔME!... ENFIN!...
ALORS!... QU'ONT-ILS DIT?...
NON! ÇA NE VA PAS! ÇA NE COLLE PAS! POUR EUX, C'EST BASILE REJETON L'OMBRE QUI TUE!... ...
?!? BEN!... JÉRÔME... POURTANT C'EST BIEN LUI QUI...
NON, NON!... COMME JE LE LEUR AI EXPLIQUÉ, IL Y A DEUX SÉRIES DE MEURTRES!
AVANT L'ASSASSINAT DU PROFESSEUR MAISON, LES MEURTRES ÉTAIENT COMMIS AU HASARD, ALORS QU'APRÈS TOUTES LES CIBLES DE L'OMBRE ONT ÉTÉ CHOISIES PARMI LES ÉLÈVES DU PROFESSEUR MAISON

ALORS ?!
QUE VAS-TU FAIRE ?!
BON SANG !
?
MON SOLEX !
RATÉ !
DÉCIDÉMENT, CETTE HISTOIRE DE SOLEX DEVENAIT DE PLUS EN PLUS RIDICULE ... ...
TOUT COMME CETTE MANIE DE RENTRER CHEZ SOI PAR LA FENÊTRE ... ...
BOF !
TANT QUE JE TROUVE ÇA AMUSANT !

MAIS ! QUE FAITES-VOUS LÀ ?... QU... QUI ÊTES VOUS ?...
JE ME SUIS PERMIS D'ENTRER POUR VOUS ATTENDRE ! LA PORTE N'ÉTAIT PAS FERMÉE À CLÉ !...
JE ME PRÉSENTE : ANTONIO MIRAFLORES, JOURNALISTE PÉRUVIEN
JE DEVINE VOS QUESTIONS !... ACCORDEZ-MOI UN INSTANT !... JE VAIS TOUT VOUS EXPLIQUER !...
?
OÙ EST LA PRISE DE COURANT ?
FIGUREZ-VOUS QUE DANS MON JOURNAL JE M'OCCUPE DES AFFAIRES INDIENNES, ET JE SUIS EN OUTRE UN SPÉCIALISTE DES TASADAYS OROAK !... VOUS ÊTES PRÊT ?
?!...
VOUS ALLEZ COMPRENDRE !... JE SUIS DEPUIS LONGTEMPS À LA RECHERCHE DE LA STATUETTE DE LA "MORT GATE", DÉROBÉE COMME VOUS LE SAVEZ PAR LE PROFESSEUR REJETON ET SON FILS RÉCEMMENT DÉCÉDÉ ....
CE PETIT FILM A ÉTÉ TOURNÉ LORS D'UNE CÉRÉMONIE OROAK ......
DODIER - LETENDRE + MAKYO
39

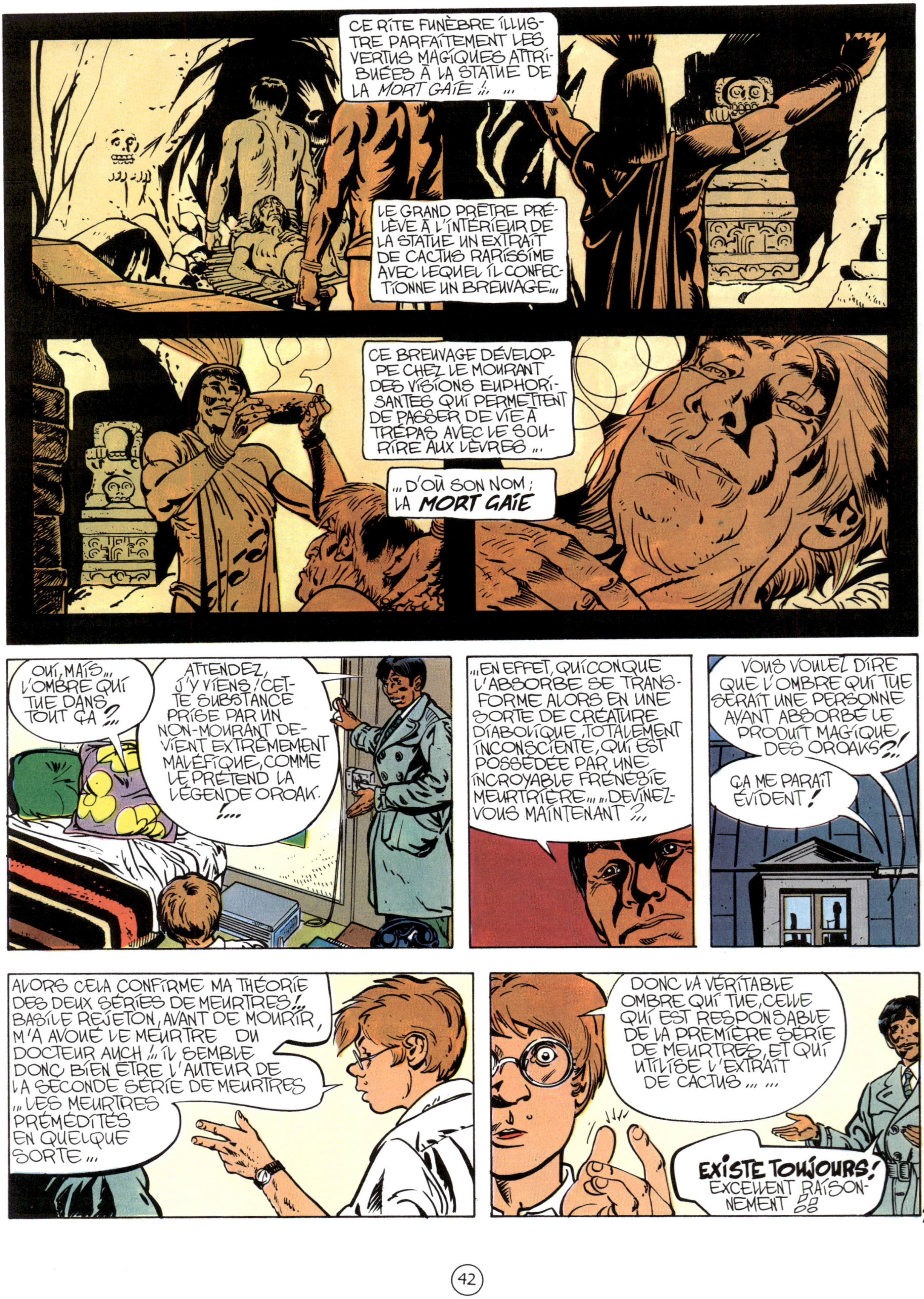

CE RITE FUNÈBRE ILLUSTRE PARFAITEMENT LES VERTUS MAGIQUES ATTRIBUÉES À LA STATUE DE LA MORT GAÎE !... ...
LE GRAND PRÊTRE PRÉLÈVE À L'INTÉRIEUR DE LA STATUE UN EXTRAIT DE CACTUS RARISSIME AVEC LEQUEL IL CONFECTIONNE UN BREUVAGE...
CE BREUVAGE DÉVELOPPE CHEZ LE MOURANT DES VISIONS EUPHORISANTES QUI PERMETTENT DE PASSER DE VIE À TRÉPAS AVEC LE SOURIRE AUX LÈVRES ...
... D'OÙ SON NOM : LA MORT GAÎE
OUI, MAIS... L'OMBRE QUI TUE DANS TOUT ÇA ?...
ATTENDEZ, J'Y VIENS ! CETTE SUBSTANCE PRISE PAR UN NON-MOURANT DEVIENT EXTRÊMEMENT MALÉFIQUE, COMME LE PRÉTEND LA LÉGENDE OROAK !...
... EN EFFET, QUICONQUE L'ABSORBE SE TRANSFORME ALORS EN UNE SORTE DE CRÉATURE DIABOLIQUE, TOTALEMENT INCONSCIENTE, QUI EST POSSÉDÉE PAR UNE INCROYABLE FRÉNÉSIE MEURTRIÈRE... ... DEVINEZ-VOUS MAINTENANT ?...
VOUS VOULEZ DIRE QUE L'OMBRE QUI TUE SERAIT UNE PERSONNE AYANT ABSORBÉ LE PRODUIT MAGIQUE DES OROAKS ?!
ÇA ME PARAÎT ÉVIDENT !
ALORS CELA CONFIRME MA THÉORIE DES DEUX SÉRIES DE MEURTRES !... BASILE REJETON, AVANT DE MOURIR, M'A AVOUÉ LE MEURTRE DU DOCTEUR AUCH !... IL SEMBLE DONC BIEN ÊTRE L'AUTEUR DE LA SECONDE SÉRIE DE MEURTRES ... LES MEURTRES PRÉMÉDITÉS EN QUELQUE SORTE ...
DONC LA VÉRITABLE OMBRE QUI TUE, CELLE QUI EST RESPONSABLE DE LA PREMIÈRE SÉRIE DE MEURTRES, ET QUI UTILISE L'EXTRAIT DE CACTUS ... ...
EXISTE TOUJOURS ! EXCELLENT RAISONNEMENT !!
40

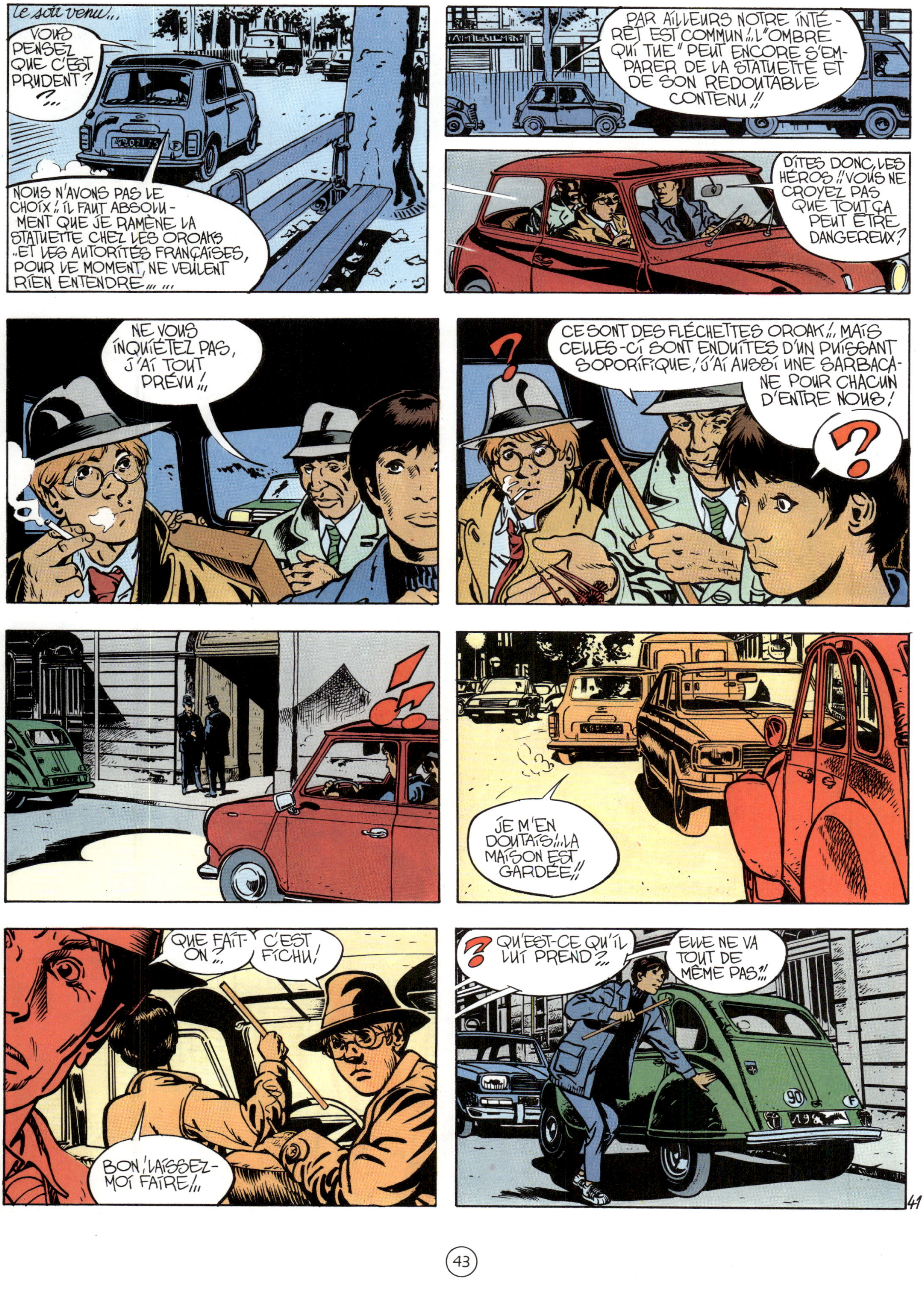
le soir venu...
VOUS PENSEZ QUE C'EST PRUDENT ?
?...
NOUS N'AVONS PAS LE CHOIX ! IL FAUT ABSOLUMENT QUE JE RAMÈNE LA STATUETTE CHEZ LES OROAKS ..ET LES AUTORITÉS FRANÇAISES, POUR LE MOMENT, NE VEULENT RIEN ENTENDRE...
PAR AILLEURS NOTRE INTÉRÊT EST COMMUN ! "L'OMBRE QUI TUE" PEUT ENCORE S'EMPARER DE LA STATUETTE ET DE SON REDOUTABLE CONTENU !!
DITES DONC, LES HÉROS !! VOUS NE CROYEZ PAS QUE TOUT ÇA PEUT ÊTRE DANGEREUX ?
NE VOUS INQUIÉTEZ PAS, J'AI TOUT PRÉVU !!
?
CE SONT DES FLÉCHETTES OROAK ! MAIS CELLES-CI SONT ENDUITES D'UN PUISSANT SOPORIFIQUE ! J'AI AUSSI UNE SARBACANE POUR CHACUN D'ENTRE NOUS !
?
JE M'EN DOUTAIS !! LA MAISON EST GARDÉE !!
QUE FAIT-ON ?...
C'EST FICHU !
BON ! LAISSEZ-MOI FAIRE !..
?
QU'EST-CE QU'IL LUI PREND ?
ELLE NE VA TOUT DE MÊME PAS ?!
41

VITE! AIDEZ-MOI!!
COMPLÈTEMENT FOLLE, CETTE FILLE!
C'ÉTAIT À PRÉVOIR! LES SCELLÉS SONT POSÉS!
QU'ALLONS-NOUS FAIRE?
PAR ICI, VENEZ VOIR!
QUELQU'UN EST VENU AVANT NOUS! C'EST OUVERT!
OH!
LA STATUETTE!.. TROP TARD
42

BLOP
LÀ-HAUT!
VITE! FOUILLONS LA MAISON!...
...RIEN DE MON CÔTÉ!
NI DU MIEN!
VOYONS LE GRENIER!...
LA LUCARNE!...J'Y VAIS!
SOIS PRUDENT, JÉRÔME!
ELLE S'ENFUIT! ON PEUT Y ALLER!
ATTENDEZ-MOI!
LÀ-BAS!
BABETTE, MA FILLE, VOILÀ UNE CIBLE QUE TU NE PEUX MANQUER!
43

MADRE DE DIOS JE SUIS TOUCHÉ
CRÉNOM DE NOM! JE L'AI PERDUE!
... GLP ... L'OMBRE! ... ELLE M'A EU! ... CONTINUEZ SANS MOI!
'DITES PAS DE BETISES, ANTONIO! CE N'EST QU'UNE PETITE FLÉCHETTE SOPORIFIQUE DE RIEN DU TOUT!!
JÉRÔME
AAAA
CRAC

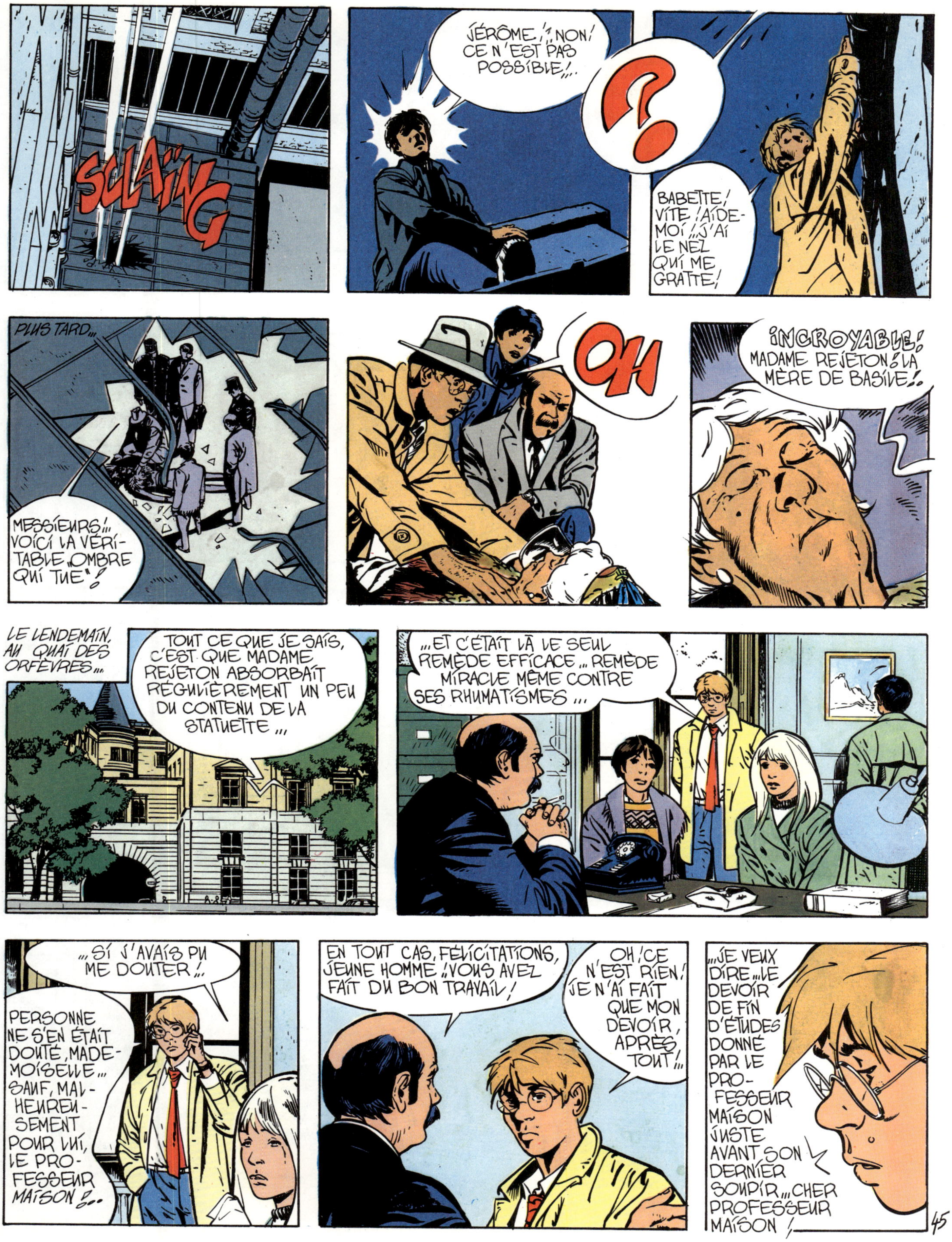
SCLAÏNG
JÉRÔME !?, NON ! CE N'EST PAS POSSIBLE !...
?
BABETTE ! VITE ! AIDE-MOI !... J'AI LE NEZ QUI ME GRATTE !
PLUS TARD...
MESSIEURS !... VOICI LA VÉRITABLE "OMBRE QUI TUE" !
OH
INCROYABLE ! MADAME REJETON ! LA MÈRE DE BASILE !
LE LENDEMAIN, AU QUAI DES ORFÈVRES...
TOUT CE QUE JE SAIS, C'EST QUE MADAME REJETON ABSORBAIT RÉGULIÈREMENT UN PEU DU CONTENU DE LA STATUETTE ...
... ET C'ÉTAIT LÀ LE SEUL REMÈDE EFFICACE ... REMÈDE MIRACLE MÊME CONTRE SES RHUMATISMES ...
... SI J'AVAIS PU ME DOUTER !...
PERSONNE NE S'EN ÉTAIT DOUTÉ, MADEMOISELLE... SAUF, MALHEUREUSEMENT POUR LUI, LE PROFESSEUR MAISON !...
EN TOUT CAS, FÉLICITATIONS, JEUNE HOMME ! VOUS AVEZ FAIT DU BON TRAVAIL !
OH ! CE N'EST RIEN ! JE N'AI FAIT QUE MON DEVOIR, APRÈS TOUT !...
... JE VEUX DIRE... LE DEVOIR DE FIN D'ÉTUDES DONNÉ PAR LE PROFESSEUR MAISON JUSTE AVANT SON DERNIER SOUPIR ... CHER PROFESSEUR MAISON !
45

QUELQUES JOURS PLUS TARD....
Dire que toute cette affaire avait commencé par un devoir... le devoir de Basile Rejeton
O MAISON
A MON PROFESSEUR BIEN AIMÉ
ÉLÈVE RECONNAISSANT
Comment aurait-il pu se douter, ce pauvre Basile, que sa mère suivait les cours de détective du professeur Maison en utilisant son nom?!..
Comment aurait-il pu prévoir que sa mère, au départ par curiosité, absorberait ce maudit produit et qu'elle en deviendrait esclave à cause de l'effet bienfaisant sur ses rhumatismes?!..
Quel choc ça a dû être pour lui quand il s'est rendu compte qu'elle était devenue inconsciemment l'"Ombre qui tue"..!
Le sortilège de la statuette devait être bien puissant puisqu'il y avait succombé lui-même...
... en essayant de protéger sa mère de la curiosité du professeur Maison et de ses élèves!
ENTRÉE INTERDITE
En tout cas, j'avais la vague impression que cette aventure avait fait de moi un homme nouveau... un homme de 21 ans!..
Finies les extravagances... j'avais pris une décision importante... Désormais je rentrerai chez moi par la porte!
BON SANG, MES CLÉS!
DODIER
TIENS?!? MAIS C'EST OUV...
?
BON ANNIVERSAIRE, JÉRÔME!
FIN

Jérôme